弱いつながり
検索ワードを探す旅

東　浩紀

幻冬舎文庫

弱いつながり

検索ワードを探す旅

目次

0

はじめに

強いネットと弱いリアル

ネットは階級を固定する道具です。「階級」という言葉が強すぎるなら、あなたの「所属」と言ってもいい。世代、会社、趣味……なんでもいいですが、ひとが所属するコミュニティのなかの人間関係をより深め、固定し、そこから逃げ出せなくするメディアがネットです。

グーグル検索のカスタマイズは、すでにかなり進化しています。あなたがなにか調べ物をするとき、「○○さんだったらこんなことを知りたいだろう」とまえもって予測検索をしてくれる。この技術は今後ますます進むでしょう。自由に検索をしているつもりでも、じつはすべてグーグルが取捨選択した枠組みのなか。ネットを触っているかぎり、他者の規定した世界でしかものを考えられない。そういう世界になりつつあります。

とはいえ、ぼくたちはもうネットから離れられない。だとすれば、その統制から逸脱する方法はただひとつ。

グーグルが予測できない言葉で検索することです。

ではそのためにはどうすればよいか。本書の答えはシンプルです。場所を変える。それだけです。

検索ワードは、連想から生じてきます。脳の回路は変わりません。けれどもインプットが変われば、同じ回路でもアウトプットが変わる。連想のネットワークを広げるには、いろいろ考えるより、連想が起こる環境そのものを変えてしまうほうが早い。同じ人間でも、別の場所でグーグルに向かえば、違う言葉で検索する。

そしてそこには、いままでと違う世界が開ける。

世界は、検索ワードと同じ数だけ存在するからです。

本書は自己啓発本のように見えるかもしれません。わざとそのように作りました。けれども、自分探しをしたいひとにはこの本は必要ないと思います。

そもそも、自分探しをしたいのなら本を読む必要はないのです。旅に出る必要もない。単純にあなたの親を観察すればいい。あるいは生まれた町や母校や友人。「あなた」はすべてそこにある。人間は環境の産物だからです。

だからこそ、自分を変えるためには、環境を変えるしかない。人間は環境に抵抗することはできない。環境を改変することもできない。だとすれば環境を変える＝移動するしかない。

これは単純です。けれども意外と実践されていない。人間はみな自分の能動性を信頼しすぎているからです。たとえば、あなたがいま中学生で、有名大学——まあどこでもいいですが、東京大学に行きたいと思ったとしましょう。そのためにもっとも重要なことはなにか。人気参考書を読むことでしょうか。有名予備校に通うことでしょうか。生活習慣を変えることでしょうか。

端的に言うとすべて違います。もっとも効果が高いのは、東大合格者数の多い高校に通うことです。つまり、東大に行く確率がもっとも高い環境に身を置くことです。

東大は、合格者の現役率が高く、さらにそのなかでも有名進学校出身者が多いことで知られています。要は、一部の有名高校から、浪人もせずにさくっと合格した人々が多い大学です。それでは、それら有名高校の生徒たちは特別に優秀だったのでしょうか。そうでない、とは言いません。けれども、それ以上に、まわりに東大に受かるひと、受かったひとがたくさんいるため、東大に入るノウハウが手に入りやすかったことが大きいと思います。

有名高校に身を置くと、どの予備校に行けばいいか、どの参考書を使えばいいか、迷う必要がない。まわりがやっていることをやればいいだけです。これだけで相当に負荷は軽くなります。「どのように勉強したらよいのか」がわかれば、あとはルーチンをこなせばいい。

これはぼく個人の経験でもあります。ぼくはある進学校を卒業しています。当時もいまも、卒業生の半分が現役で、浪人を入れれば三分の二が東大に入る学校です。三分の二が入る、というのはつまり、成績が下のほうでも東大に入ってしまうということです。彼らがみなほかの高校でトップクラスの成績を取ることができたかといえば、そうは思いません。環境が、彼らを東大に入れているのです。

同じことは、受験以外にも言えます。批評家としてさまざまなかたにお会いしました。お金持ちもいれば世界的なクリエイターもいました。つねに思うのは、人間は環境が作るということ。お金持ちと付き合っていれば、自然とどうやったら金が入るのかがわかり、自分もお金持ちになる。クリエイターと付き合っていれば、自然とどうやったらものを作れるかがわかり、自分もクリエイターになる。人間とは基本的にはそういう生物です。例外は「天才」と呼ばれますが、多くのひとは天才ではありません。

ぼくたちは環境に規定されています。「かけがえのない個人」などというものは存在しません。ぼくたちが考えること、思いつくこと、欲望することは、たいてい環境から予測可能なことでしかない。あなたは、あなたの環境から予想されるパラメータの集合でしかない。

そして、多くのひとは、「自分が求めること」と「環境から自分が求められると予測されること」が一致するときこそ、もっともストレスなく、平和に生きることができます。進学校に通う受験生がその一例です。これは悪いことではありません。繰り返しますが、人間はそういう生き物なのです。

しかしそれでも、多くのひとは、たったいちどの人生を、かけがえのないものとして生きたいと願っているはずです。環境から統計的に予測されるだけの人生なんてうんざりだと思っているはずです。

ここにこそ、人間を苦しめる大きな矛盾があります。ぼくたちひとりひとりは、外側から見れば単なる環境の産物にすぎない。それなのに、内側からはみな「かけがえのない自分」だと感じてしまう。それは哲学的に言えば「主観」と「客観」、あるいは「実存」と「構造」、もう少し最近の哲学風に言えば「分子的」と「モル的」の違いということになりますが、そんな用語を使わなくとも、みないちどは感じたことがある矛盾ではないかと思います。

その矛盾を乗り越える――少なくとも、乗り越えたようなふりをするために有効な方法は、ただひとつ。

もういちど言いますが、**環境を意図的に変える**ことです。環境を変え、考えること、思いつくこと、欲望することそのものが変わる可能性に賭けること。

自分が置かれた環境を、自分の意志で壊し、変えていくこと。自分と環境の一致を自ら壊していくこと。グーグルが与えた検索ワードを意図的に裏切ること。

環境が求める自分のすがたに、定期的にノイズを忍び込ませること。

抽象的な話ではありません。これはじつはビジネス書にも書いてありそうな、実践的な話でもあります。

アメリカの社会学者、マーク・グラノヴェターが一九七〇年代に提唱した有名な概念に、「弱い絆（ウィークタイ）」というものがあります。グラノヴェターは当時、ボストン郊外に住む三〇〇人弱の男性ホワイトカラーを対象として、ある調査をしました。そこで判明したのは、多くのひとがひととひとの繋がりを用いて職を見つけている、しかも、高い満足度を得ているのは、職場の上司とか親戚とかではなく、「たまたまパーティで知り合った」といった「弱い絆」をきっかけに転職したひとのほうだということでした。深い知り合いとの関係よりも、浅い知り合いとの関係のほうが、成功のチャンスに繋がっている。

これはいっけん奇妙な結果に見えますが、ちょっと考えてみると当然のことだとわかります。

かりに、いまみなさんが転職を考えているとしてみてください。そのとき、友人や同僚は、みなあなたの現職を知っているし、性格や能力も知っています。だとすれば、どうしても、あなたにとっても予測可能な転職先しか紹介してくれません。

それに対して、「パーティでたまたま知り合ったひと」はあなたのことなんてなにも知らない。知らないがゆえに、まったく未知の転職先を紹介してくれる可能性があります。それはすごい勘違いである可能性もあるけれど、あなたが知らないあなた自身の適性を発見できる可能性もあるのです。

この「弱い絆」の話は、社会のダイナミズムを考えるうえでとても重要な概念で、最先端のネットワーク理論でもよく参照されています。

つまりは、人生の充実のためには、強い絆と弱い絆の双方が必要なのです。いまのあなたを深めていくには、強い絆が必要です。けれどもそれだけでは、あなたは環境に取り込まれてしまいます。あなたに与えられた入力を、ただ出力するだけの機械になってしまいます。それを乗り越え、あなたの人生をかけがえのないものにするためには、弱い絆が不可欠です。

世のなかの多くのひとは、リアルの人間関係は強くて、ネットはむしろ浅く広く弱い絆を作るのに向いていると考えている。でもこれは本当はまったく逆です。

ネットは、強い絆をどんどん強くするメディアです。ミクシィやフェイスブックを考えてみてください。

弱い絆はノイズに満ちたものです。そのノイズこそがチャンスなのだというのがグラノヴェターの教えです。けれども、現実のネットは、そのようなノイズを排除するための技法をどんどん開発しています。いまのネットでは、「パーティでたまたま隣り合って、めんどうだなと思いながら話しているうちにだれかを紹介される」という状況を実現するのがとてもむずかしい。めんどうだ、と思ったら、すぐにブロックしたりミュートしたりできるからです。

ではぼくたちはどこで弱い絆を、偶然の出会いを見つけるべきなのか。

それこそがリアルです。

身体の移動であり、旅なのです。

ネットにはノイズがない。だからリアルでノイズを入れる。**弱いリアル**があって、はじめてネットの強さを活かせるのです。

本書は、二〇一二年から二〇一三年にかけて、幻冬舎の『星星峡』というPR誌で連載されていた、語りおろしのエッセイを再構成したものです。かなり手を入れており、雑談部分は大幅にカットしました。連載時とはほぼ別ものになっているはずです。

著者としては、はじめてのタイプの、「哲学とか批評とかに基本的に興味がない読者を想定した本」です。飲み会で人生論でも聞くような気分で、気軽にページをめくってくれれば幸いです。

1

旅に出る

台湾／インド

行ってみなければわからない

二〇一二年の秋に台湾に行って来ました。ぼくの本、『動物化するポストモダン』の中国語版が刊行されることになり、向こうの出版社に招かれたのです。

台湾の人は日本好きが多い、というのはよく聞きます。けれども本当はそれほど単純ではありません。

台湾には、台湾人（本省人）と外省人という区別があります。台湾人というのは、日本の植民地時代からずっと台湾に住んでいるひとです。外省人は、第二次世界大戦後、国民党の蔣介石と一緒に大陸から渡ってきた、新しい台湾住民です。この対立が戦後の台湾政治を規定しています。そのことは知っていたのですが、今回台湾に行きはじめて知ったのは、「日本のサブカルチャーが好きだ」と言っているのは基本的には台湾人の子弟たちだということです。外省人はむしろ日本嫌いらしい。

実際、今回ぼくが会った日本語を話す人々は、みな外省人ではなく台湾人です。幼少期から家族に日本語をしゃべるひとがいて、家のなかに日本語の歌謡曲が流れていて、自然と日本のポップカルチャーを好きになりましたと言います。つまり台湾では、日本に対する感性が家系と関係しているんですね。これは別にぼくが発見した話ではありません。台湾に住んだことのあるひとにとっては常識だろうし、ネットで調べても出てくる話です。でもぼく自身にとっては、実際に台湾に行ってみなければわからなかったし、調べる機会もなかったことです。

他方で夏休みにはインドに行って来ました。こちらは妻と娘も一緒の家族旅行です。インドに特別の思い入れがあるわけではなくて、ぼくはけっこう家族でいろんな国に行っています。春はカリブ海に行って、そのまえはスリランカ、カンボジア、ドバイ……。

「インドに行った」と言うと、いまだに日本では特別な響きをもっているみたいで、前のめりになるひとがいます。象徴的なのは『地球の歩き方』のインド編。「地球の歩き方」シリーズの記念すべき最初の一冊です。今回旅行に行くということで読んでみたら、いまだにバックパッカー文化の香りが残っていました。ページをめくるといきなり、「インドに行くならホテルの予約はするな」と書いてある。まず雑踏のなかに身を置いてみよう。インドの旅はそこから始まる……。けれど、四〇過ぎてインドのあのアナーキーな雑踏に身を置いてホテル探しなんてしてたら、それこそ身体を壊してしまいます。家族でのインド旅行なんて想像もしていないのでしょう。

話がずれました。けれどこれも、さきほどと同じく「行ってみなければわからなかったし、知る機会もなかった」という話に繋がります。

ネットには載っていないアライバルビザの情報

じつはぼくは、今回の旅行にあたってビザを取り忘れました。日本のパスポートはとても強力で、だいたいどの国でも観光ならビザなしで大丈夫です。その状態で旅行するのに慣れていたので、航空券やホテルの予約は取っていたのに、ビザのことを完全に忘れていた。それで出発二日前にふと「インド　ビザ」で検索をかけてみたら、絶対に必要だと書いてある。その時点でもう大使館での取得は無理。

絶望に打ちひしがれ泣きそうになったわけですが、さらに調べると、どうもアライバルビザというものがあるらしいことがわかりました。デリーの空港に到着して、その場でビザをゲットという裏技です。インドがアライバルビザを発給している国は一〇いくつかしかないんですが、日本は奇跡的にそのなかに入っていた。

ところが、日本語で「インド　アライバルビザ」で検索するとほとんどヒットしない。不安になります。旅行会社もアライバルビザは薦めていない。数少ないヒットはバックパッカーの日記ばかり。そしてそういうひとのブログを読むと、おしなべてアライバルビザを取るのはむずかしいと書いてある。空港で何時間も待たされ、必要書類を提出しても係員にはねのけられ、なんとか突破したのが翌朝午前五時……みたいな。七歳の娘も一緒に行くのにこれは厳しい。一〇時間のフライトのあと、夫婦で怯《おび》えながらビザ発給カウンターに向かいました。

では現実はどうだったか。結論から言うと、一瞬で取れた。審査もゆるかった。発給カウンターは人気《ひとけ》のないところにあるんですが、そこにおっちゃんとおばちゃんがいて、渡航者の顔を見てその場で発給を決めるみたいなノリでした。そもそも机のうえにコンピューターがない。コンピューターがないということは、旅行者の渡航歴の検索をしていないということです。パスポートナンバーをボールペンでノートに書き写しているだけ。

それにしても、なぜネット情報とは違ってすぐにビザを取れたのか。これも結論から言うと、要はホテルのせいです。うちは滞在中はオベロイに泊まる予定でした。いわゆる五つ星ホテル。というわけで、係員のおっちゃんに「オベロイに泊まる」と言ったら、「いいね！」みたいな感じで親指を突き出されて、「ビザは?」「問題ない」と即答。インド大使館のホームページには、アライバルビザの発給には帰りの航空券とホテルに宿泊する証明書が必要だと書いてありましたが、現実にはオベロイに泊まると言うだけで書類審査もパス、即時発給。

この経験からわかったことは、インドについての情報は、ブログを書く人々の行動によってフィルタリングされているということ。要するに、アライバルビザはバックパッカーに厳しかったんですね。こぎれいな格好をして、「いいホテルに泊まる」と言えば楽に取得できる。しかしそんな情報はネットには載っていない。バックパッカーしか、インドについて書いていないからです。

日本にいて「ケーララ」と打ち込む可能性

旅行は世界遺産めぐりです。デリー、アーグラー、ジャイプルと、世界遺産だらけの三都市を廻りました。雑踏に塗《まみ》れることもなく、自分探しもしていません。リキシャーに乗って町を廻るぐらいはしましたが、娘は牛糞と汚水に塗れた道を本気で嫌がってました。子どもはそんなもんです。

休暇旅行ですから、三日に一日はホテルのプールで子どもを遊ばせながら、仕事もせずにだらっとしてました。そういうときはネット三昧になります。そこでインドについていろいろとサイトで調べていくなかでぶち当たったのが、南部にあるケーララ州でした。

このケーララ州というのは、日本ではあまり知られていないし、ぼく自身もまったく知らない土地だったんですが、けっこうおもしろい。識字率が高く、乳幼児死亡率は低く、インドのなかでは先進的な地帯なんです。IT推進地帯でもあって、リチャード・ストールマンのアドバイスを聞き入れてフリーソフト化が進んでいるらしい。アラビア海に面したビーチリゾートでもあって、観光業も強い。人口は三〇〇〇万人ぐらい。おまけに特記すべきは、ここは共産党がしばしば与党になるらしいんです。世界中でも、左翼政権がこんなにうまくいっている地域はめずらしいとのことで、注目を浴びている。

さらに興味深いのが、ここの土地は海岸線付近に特殊な岩盤があるらしくて、自然放射線量が高いんですよ。もっとも高いところでは年間二〇ミリシーベルトぐらいあり、一部では双子の出生率が有意に高いそうです。IT、左翼政権、観光、放射能。次章以降で詳しく述べるように、いまぼくは「福島第一原発観光地化計画」なるものをやっているのですが、その観点から考えさせられるキーワードばかりです。

しかしここで決定的に重要なのは、いまぼくがしゃべったことは、じつはほとんど日本語で、インターネット上に当たり前にある情報だということです。でもぼくは知らなかった。読者のみなさんも、ほとんどのかたは知らなかったと思います。ネットでいくら情報が公開されていても、それは特定の言葉で検索しなければ手に入らない。ケーララの情報に辿《たど》り着くためには、検索で「ケーララ」と入れなければいけない。それがネットの特性です。ではぼくはどうやって「ケーララ」に辿り着いたか。

それはインドに行ったからです。現実にインドに行かなければ、ケーララを検索する機会はなかったでしょう。生涯調べることがなかった言葉かもしれない。

ネットは、ここでどうしてもリアルを必要とします。

旅は「自分」ではなく「検索ワード」を変える

ぼくらはいま、ネットで世界中の情報が検索できる、世界中と繋がっていると思っています。台湾についても、インドについても、検索すればなんでもわかると思っています。しかし実際には、身体がどういう環境にあるかで、検索する言葉は変わる。欲望の状態で検索する言葉は変わり、見えてくる世界が変わる。裏返して言えば、いくら情報が溢れていても、適切な欲望がないとどうしようもない。

いまの日本の若い世代――いや、日本人全体を見て思うのは、新しい情報への欲望が希薄になっているということです。ヤフーニュースを見て、ツイッターのトピックスを見て、みんな横並びで同じことばかり調べ続けている。最近は「ネットサーフィン」という言葉もすっかり聞かれなくなりました。サイトから別のサイトへ、というランダムな動きもなくなってきていますね。

ぼくが休暇で海外に行くことが多いのは、日本語に囲まれている生活から脱出しないと精神的に休まらないからです。頭がリセットされない。日本国内にいるかぎり、九州に行っても北海道に行っても、一歩コンビニに入れば並んでる商品はみな同じ。書店に入っても、並んでる本はみな同じ。その環境が息苦しい。

国境を越えると、言語も変わるし、商品名や看板を含めて自分を取り巻く記号の環境全体ががらりと変わる。だから海外に行くと、同じようにネットをやっていても見るサイトが変わってくる。最初の一日、二日は日本の習慣でツイッターや朝日新聞のサイトを見ていても、だんだんそういうもの全体がどうでもよくなっていく。そして日本では決して見ないようなサイトを訪れるようになっていく。自分の物理的な、身体の位置を変えることには、情報摂取の点で大きな意味がある。

というわけで、本書では「若者よ旅に出よ！」と大声で呼びかけたいと思います。ただし、自分探しではなく、新たな検索ワードを探すための旅。**ネット**

を離れリアルに戻る旅ではなく、より深くネットに潜《もぐ》るためにリアルを変える旅。

ネットでは見たいものしか見ることができない

日本では、戦後の高度成長期が終わって昭和が終わって冷戦が終わって、もうこれ以上新しいことはなにも起きない、みたいな気分が支配的です。「終わりなき日常」と言われる感覚ですね。3・11の震災が起きても、その気分は強固に残っている。「この世界はどこもかしこも同じで、新しいことなんかない」。「海外に行くんだったら、アニメのDVDを買って家で見たほうがいい」みたいな感じ。

個人の趣味に口を出すつもりはありませんが、さすがにまずいと思うのは、日本が最高だと思ってるひとが多いこと。若い世代の論客も、いまの自分たちの生活を肯定するために言葉を連ねていて、そういうひとが人気がある。しかし、年金は近い将来破綻するし、産業は崩壊しているし、震災も起き、政治はまったく機能していない。それでも本当にいい国なのか。ましてや「最高」か。

ネットは、そういった自己肯定を強化してくれるメディアです。ツイッターに代表されるソーシャルネットワークは、基本的に無料だからお金のない若者がいっぱい集まって来る。有名人はそんな「お金のない若者」の人気を取らなければならない。結果、ある種の情報は隠すようになっている。彼らは「牛丼食いました」「コンビニ行きました」とは書くけど、「どこどこのホテルに泊まった」とはほとんど書かない。いまネットで人気を集めるためには、自分も同じ庶民ですとアピールしなければならないことをよく知っている。だからネットに出てくる情報は、「ぼくもみなと同じくらい貧しいよ、みなと同じくらい忙しいよ」というものばかり。でもそれはフィクションなんです。

ツイッターには大金持ちの経営者がいっぱいいる。彼らのアカウントをフォローすると、彼らに近づけたような気がする。でもそれは幻想です。彼らのつぶやきをいくら追っていても、彼らがどれだけの資産をもってて、どんな車に乗ってて、どんな生活をしてるのか、じつはまったく伝わってこない。本当にリアルな情報はツイッターには書かれていない。

ネットには情報が溢れているということになっているけど、ぜんぜんそんなことはないんです。むしろ重要な情報は見えない。なぜなら、**ネットでは自分が見たいと思っているものしか見ることができない**からです。そしてまた、みな自分が書きたいと思うものしかネットに書かないからです。

バックパッカーはバックパッカーが見るインドについてしか報告しないし、金持ちは金持ちが見せたい自分のすがたしかつぶやかない。日本にいて検索してると、そんな情報しか手に入らない。

その限界をどう超えるか。それが本書のテーマです。

2

観光客になる

福島

原発事故を未来に伝えるための「観光地化」

二〇一二年一〇月の二八日と二九日、福島県南相馬市に行ってきました。現地でワークショップを開くためです。

ぼくが発行している『思想地図β』は、次号で「福島第一原発観光地化計画」という特集を予定しています（のち二〇一三年秋に発売）。二五年後の福島第一原発跡地を観光地に変えてしまおうという計画です。なぜ二五年後かというと、チェルノブイリが関わっています。チェルノブイリは一九八六年に原発事故を起こしたので、二五年後は二〇一一年、ちょうど東日本大震災の年にあたります。

日本ではあまり知られてないことなんですが、チェルノブイリ原発の周辺はすでに除染が進んで、観光客も立ち入りができるようになっています。チェルノブイリから南へ約一三〇キロのところにあるウクライナの首都、キエフからツアーバスが出ている。石棺と言われる、事故を起こした四号機のすぐそばまで行けるんです。

福島第一原発でも将来、同じようなことが起こると考えられます。東京から福島第一原発まで約二二〇キロ。車で数時間ですから、多くの観光客が福島原発の跡地を訪れる可能性は十分にある。だとしたら、跡地をそのまま放置するのではなく、どのように観光地化し、事故の悲劇をどのように未来に伝えるかをいまから考えておくべきではないのか。そのシミュレーションが「福島第一原発観光地化計画」です。「ダークツーリズム」という考え方に基づいています。

メンバーはぼくのほかに、ジャーナリストの津田大介さん、IT企業経営者の清水亮さん、建築家の藤村龍至さん、アーティストの梅沢和木さん、ライターの速水健朗さん、社会学者の開沼博さん、観光学者の井出明さんです。分野の異なる、個性的な方々に集まっていただき、継続的に研究会を開いてきました。

事故跡地になにを作るかをいまから考える

そんななかで今回のワークショップが開かれました。南相馬の若い市議会議員のかたに協力をあおぎ、現地の二〇代から三〇代の医師や経営者の方々を集めてもらって、「二〇二五年後のフクシマを考える私たちの計画について、どのように思いますか?」というテーマで意見交換をしてきました。

ぼくたちは、南相馬か、もしくは、より東京に近いいわきのほうになるかもしれませんが、ひとつビジターセンターを作ることを提案したいと考えています。観光客を集めて原発事故跡地に向かうバスツアーの発着所ですが、それだけではありません。原発事故を後世に伝える博物館や除染技術を学ぶ研修施設、事故のモニュメントなどを併設し、象徴的な場所にする。子どもたちのために、原子力の未来を描いた過去作品を紹介するSF館などもいいかもしれません。

原発の跡地にはそこからバスで三〇分から一時間といったイメージで、線量計を配付し厳密な管理のもとで安全に事故跡地を見学できるようにする。スマートフォンをかざすと専用ソフトが起動して、事故直後の混乱をAR技術で疑似体験できるようにするなどもいいかもしれません。

この計画のモデルのひとつは、アメリカのフロリダにあるNASAのケネディ宇宙センターです。ケネディ宇宙センターのビジターコンプレックスはスペースシャトルの発着所から離れていて、発着所まではバスで移動する。事故死した宇宙飛行士の記念碑がある一方、博物館やIMAXシアターなども完備されていて、それ自体が一種の遊園地になっている。残念ながらぼくはまだ訪れたことがないのですが、年間一五〇万人の観光客を集め、観光施設として成功を収めているようです。

福島第一原発事故からまだ一年半。跡地利用を考えるのはまだ早いかもしれません。けれども、あの跡地になにを作るかは、これからの日本の方向を示す試金石になると思います。

日本語だけで検索するのを止めるとき

観光地化計画を進めるなかで、さまざまな検索ワードに出会っています。そこでもまた、検索の限界に直面します。

スマトラ島沖地震のことは、みなさん覚えていらっしゃると思います。二〇〇四年の一二月、スマトラ島沖を震源地に、マグニチュード九・一の大地震が起こりました。プーケットやスリランカ、南インドなど、インド洋全体が被害を受け、なかでもスマトラ島北端に位置し、震源地に近かったインドネシアのアチェ州は壊滅的な被害を受けました。

その悲劇を忘れないためにと、州都のバンダアチェに「アチェ津波博物館」という大きな施設が建てられています。この博物館の設立には日本人が関わっていて、阪神・淡路大震災での経験がもち込まれているとのことです。災害の記憶をいかに残し、いかに語るかというアーカイブ化の方法が、海を渡っている。アチェ津波博物館の館長は、震災後日本を訪れてもいます。

しかし、みなさん、それもまたご存じないのではないでしょうか。東日本大震災では津波の被害が大きかった。その記憶をどう後世に伝えるかというとき、アチェ津波博物館は参考になる。博物館には日本人も関わっている。けれどもぼくたちはほとんどその存在を知らない。福島とチェルノブイリ、東北とスマトラ、ともに同じ問題を抱えていて、いろいろ学べるはずなのに、日本人自身がそのことに気づいていない。

そういう事例に接していると、重要なのは、日本語だけで検索するのを止めることだということに気づきます。バンダアチェの津波博物館は、日本語で検索してもほとんど情報は出てこない。ところが「Aceh Tsunami Museum」と入れると、それだけで風景が一変する。英語というよりも、問題は文字で、アルファベットで検索するのが重要ということです。

たとえば「福島」。「Fukushima」で検索すると、福島県庁の英文公式ウェブサイトが引っかかります。驚くべきことに、震災から一年半が経った現在でさえ、トップページにはほとんど放射能についての情報がありません。計測値へのリンクが小さく掲載されているだけです（二〇一四年夏の時点では、独自の英語ページはなく、グーグルの自動翻訳に飛ばすようになっています）。むろん日本語のサイトは違います。トップページを開けば、すぐに「震災」「復興」「放射能」という言葉が目に飛び込んでくる。画像も多いしコンテンツも豊富です。最上段には「国内外のみなさまからの、たくさんの温かいご支援に感謝申し上げます」という一文もある。ところが英語では、それら重要な情報がまったく発信されていない。

この問題は深刻です。外国人の立場に身を置いてほしい。「Fukushima」を検索すると、グーグルで関連キーワードに出てくるのは「radiation（放射能）」「nuclear disaster（原子力災害）」といった言葉。アルファベットの「Fukushima」は、このような言葉と一緒になって世界中で検索されている。これは事実であって、風評被害と言っていれば済む話ではありません。日本人はその現実を引き受けて、そのうえで世界に発信しなければならない。カタカナ表記の「フクシマ」が差別とか言っている場合ではない。こういうことを知るためにも、検索はときどき日本語以外でやったほうがいい。

福島については、東京との格差がよく言われます。アチェ州もまたインドネシアの中心ではありません。

アチェ州は、日本で言えば薩摩みたいなところで、インドネシアが近代国家としてまとまるときに重要な役割を果たした地域です。ところがインドネシアは、ジャワ島つまりジャカルタが中心になって作られてしまった。つまりアチェは、自分たちこそがインドネシア独立の中心だったはずなのに、いつの間にか中心をもっていかれた、そんな屈折を抱えている。そういうわけでアチェ州はつねにジャワと対立していたのですが、スマトラ島沖地震は、むしろその対立が緩和されるきっかけになったようです。観光の力で復興もしている。東北復興の参考になると思います。こちらもまだ訪れていないのですが、近日内に視察に行きたいですね。

仕事で求められるのは適切な検索力

二〇一二年一二月にソクーロフ監督の『ソルジェニーツィンとの対話』というドキュメンタリー映画の上映があり、アフタートークにゲストとして招かれました。ぼくが批評家としてデビューした最初の作品は「ソルジェニーツィン試論」というもので、ソ連の反体制作家を主題とした文章でした。大学ではロシア語も勉強していました。

そんな縁で登壇することになり、ロシア演劇研究者、上田洋子氏と面識を得ました。イベント後にチェルノブイリに取材に行きたいのだがと相談してみたところ、リサーチや通訳を請けおってくれるという。さっそく会議にお呼びしました。

それが目から鱗の体験で、というのも、それまで、うちのスタッフもチェルノブイリについてかなりいろいろと調べていたのですね。しかし、日本語と英語だけでは「チェルノブイリへの観光客数の推移」といった基礎的情報ですら手に入らない。ところが会議で上田さんに尋ねてみると、目のまえですぐ検索をかけて、「ロシア語のウィキペディアに載ってます」と言うわけです。なんと、ウィキペディアです。それがぼくたちには見えていなかった。一事が万事その調子で、小一時間ほどの会議で、それまでの二ヶ月でスタッフが集めた情報の何倍もの情報が手に入ってしまいました。検索はそもそも、情報を探す側が適切な検索ワードを入力しなくては機能しません。そしてそこに限界がある。そのことをあらためて思い知らされた体験でした。

自動翻訳を使えばいい、と思うかもしれません。たしかに、いまでは自動翻訳はかなり精度が高くなっています。だから、いちど適切なロシア語のページに辿り着きさえすれば、それをグーグル翻訳で読むことはできる。しかし問題は、そもそもどうやってそのページに辿り着くかなのです。そのためにはカタカナの「チェルノブイリ」でもアルファベットの「Chernobyl」でもなく、キリル文字で「Чернобыль」と検索窓に入力する必要がある。

自動翻訳に頼って検索することはむずかしい。チェルノブイリならば、まだ固有名だから可能かもしれない。しかしそもそも、検索ワードの選択はかなり微妙なものです。日本語でも、ちょっとしたニュアンスの違いで、この単語ならヒットするけど、別の同義語だとヒットしないということがあります。それに、たとえ検索ワードの変換がうまくいったとしても、今度は結果一覧からどのページを選ぶかという問題がある。言語の壁は、受動的に「読む」ことについては低くなりつつあるのかもしれない。しかし、能動的に「探す」ことに関してはまだまだ高いのです。

そして同時に思ったのは、いまや必要な情報はかなりオープンに、ネット上にあるということ。チェルノブイリ取材について、「こういうコースは組めないか」「この人物について詳しく知りたい」など、たいていの質問についてはネットに答えが転がっている。ウクライナ人もフェイスブックをやっているから、別にコーディネーターなど頼まなくても直接に連絡が取れる。このような特殊な取材旅行は、かつてであれば、専門的な知識や経験をもっているひとに仲介を頼む必要があったはずです。しかしいまは適切な検索こそが重要になっている。上田さんは原子力の専門家でもウクライナの専門家でもない。それでも、検索できれば十分なのです。

言い換えれば、いまは、特殊な経験や知識よりも、**顧客の要望に応じていかに適切に検索するか**、その能力こそがビジネスにおいて重要になっているということです。だからこそ、たえず新しい検索ワードを手に入れる必要がある。

軽薄で無責任な「観光客としての生き方」

さて、本書のテーマは、ネットの検索と、そしてもうひとつ「旅」です。それも観光の旅です。

観光というのは、評判が悪い言葉です。ぼくの福島第一原発観光地化計画も、そのせいでしばしば誤解されます。

しかし、観光はそんなに悪いものでしょうか。観光はたしかに軽薄です。観光地を通り過ぎていくだけです。しかし、そのように「軽薄」だからこそできることがあると思います。社会学者のディーン・マキァーネルが、観光には、いろんな階級に分化してしまった近代社会を統合する意味があると述べていますす（『ザ・ツーリスト』）。ひとは観光客になると、ふだんは決して行かないようなところに行って、ふだんは決して出会わないひとに出会う。たとえばパリに行く。「せっかくだから」とルーブル美術館に行く。近場の美術館にすら行かないひとでもそういうことをする。それでいい。美術愛好家でないと美術館に行ってはいけない、というほうがよほど窮屈です。

観光客は無責任です。けれど、無責任だからこそできることがある。無責任を許容しないと拡がらない情報もある。「はじめに」で述べた弱い絆の話を思い出してください。無責任なひとの無責任な発言こそが、みなさんの将来を開くことがあるのです。

ぼくは原発事故の記憶を後世に伝えるためにも、まさにそのような「軽薄さ」や「無責任さ」が必要だと思っています。福島の問題は深刻です。だから、ちゃんとコミットしろと言われると、みな腰が引けてしまいます。被災地にも行けなくなります。そしてみんな忘れてしまいます。それよりは、たとえ「軽薄」で「無責任」でも、観光客に事故跡地を見てもらって、少しでも事故について考えてもらったほうがいいのではないか。それがぼくの考えです。

日本人は「村人」が好きです。一ヶ所にとどまって、ずっとがんばっているひとが大好きです。けれどもぼくは「旅人」でいたい。いや、むしろ「観光客」でいたいと思います。

ずっと旅人でいるというのもたいへんです。それはそれで覚悟が要ります。バックパッカーになってインドを放浪するのは、若くないとできません。言い換えれば、それはサステナブルな生き方ではないのです。だからぼくは、旅人と村人のあいだを行き来するのが、いちばん自然だと考えます。観光とは、まさにその往復を意味する言葉です。

世のなかの人生論は、たいてい二つに分けられます。ひとつの場所にとどまって、いまある人間関係を大切にして、コミュニティを深めて成功しろというタイプのものと、ひとつの場所にとどまらず、どんどん環境を切り換えて、広い世界を見て成功しろというタイプのもの。**村人タイプ**と**旅人タイプ**です。でも本当はその二つとも同じように狭い生き方なのです。

だから勧めたいのは、第三の**観光客タイプ**の生き方です。村人であることを忘れずに、自分の世界を拡げるノイズとして旅を利用すること。旅に過剰な期待をせず（自分探しはしない！）、自分の検索ワードを拡げる経験として、クールに付き合うこと。二五年後の観光客が、福島に来て、それまではいちども検索しなかった「原子力」や「放射能」を検索してくれれば、それで福島第一原発観光地化計画は成功です。

検索とは一種の旅です。検索結果一覧を見るぼくたちの視線は、観光客の視線に似ていないでしょうか。

3

モノに触れる

アウシュヴィッツ

数日で世界を冒険できる時代

最近『5日間の休みで行けちゃう！　絶景・秘境への旅』（A-Works）という本に出会いました。これがなかなかおもしろくて、コンセプトはタイトルどおり、秘境にけっこう簡単に行けるよという旅マニュアルです。ぼくもむかしから行ってみたいと思っている、イエメンのソコトラ島も紹介されている。

とはいえ、ソコトラへの交通の便はかなり悪いはずなので、どうやって五日間で往復するんだと思って読んでみたら、やはり八日かかっていた。よく見ると本の最後には、六日間以上の休みで行くものも入っていると書かれていて、ちょっと誇大広告気味ではあります。ちなみにソコトラ島は独自の生態系で知られており、樹高一〇メートル以上に達するキノコのようなかたちの木がぼこぼこ生えているので有名です。ぜひいちど画像検索してみてください。

さて、この本のプロデューサーは高橋歩氏です。高橋氏は、かつて「自由人」と称して世界中を旅し、沖縄に若者たちのコミューンまで作った、自分探しのカリスマ的存在ですね。速水健朗さんの『自分探しが止まらない』でも詳しく取り上げられている。『5日間』の版元は彼自身の会社で、ほかにもセレブ系のゴージャスな旅を紹介する『Wonderful World』という本も出している。こちらもお勧めですが、いずれにせよ、自分探しのカリスマが、いつのまにか海外リゾート紹介本を作るようになっていたわけです。

『5日間』の序文で高橋氏は、「世界を繋ぐ移動手段が、質・量ともに発達し続けている現在、これだけすごい場所に、5日間の休み&手頃な旅費で、本当に行けてしまう時代に、僕らは生きている」と書いています。これは重要な認識です。日本では、無理して海外旅行なんか行かなくてもグーグルストリートビューがあるからいいという気分が支配している。でも現実には、航空券の価格は急速に下がっているし、新興国の観光地化もどんどん進んでいる。いまや数日の休みがあれば、マレーシアの洞窟だろうがナミビアの砂漠だろうが簡単に行ける。画期的な時代です。

どこかに「行く」ことの経験

旅といえばかつては、苦難を乗り越えて秘境を訪れ、その過程で自分を見つめなおすバックパッカー的なスタイルがひとつの規範になっていました。しかしいまや、自分探しのカリスマが観光地の紹介本を世に送り出している。高橋氏のこの変化は、時代が旅に期待するものの変化を映し出しているように思います。

家族でも秘境に行けるようになった、というと、そんなの秘境じゃないというひともいるでしょう。しかし、ヒッチハイクで移動しユースホステルに泊まるような旅行は、そもそも若い健康な独身男性を標準にした旅のスタイルなんです。自分探しの旅は元気でないとできない。たしかに観光地化はオリジナルの良さをなくすかもしれないけど、子どもや高齢者や障害者など、そうしないと行けないひとがたくさんいる。その意味では観光地化はいいことです。

観光なんてものごとの表層を撫でるだけだから、観光で行くぐらいならむしろ行かないほうがましだというひともいます。しかしそれは違うと思います。表層を撫でるだけだろうとなんだろうと、どこかに「行く」というのは、それだけで決定的な経験を与えてくれることがある。ぼくはそれを、まだ学生のころ、アウシュヴィッツを訪れたときに感じました。

表層を撫でたアウシュヴィッツの強烈さ

アウシュヴィッツ（オシフィエンチム）があるポーランドを訪れたのは、一九九〇年代の半ばです。当時はまだ冷戦による東西分断の痕跡も色濃く残ってい

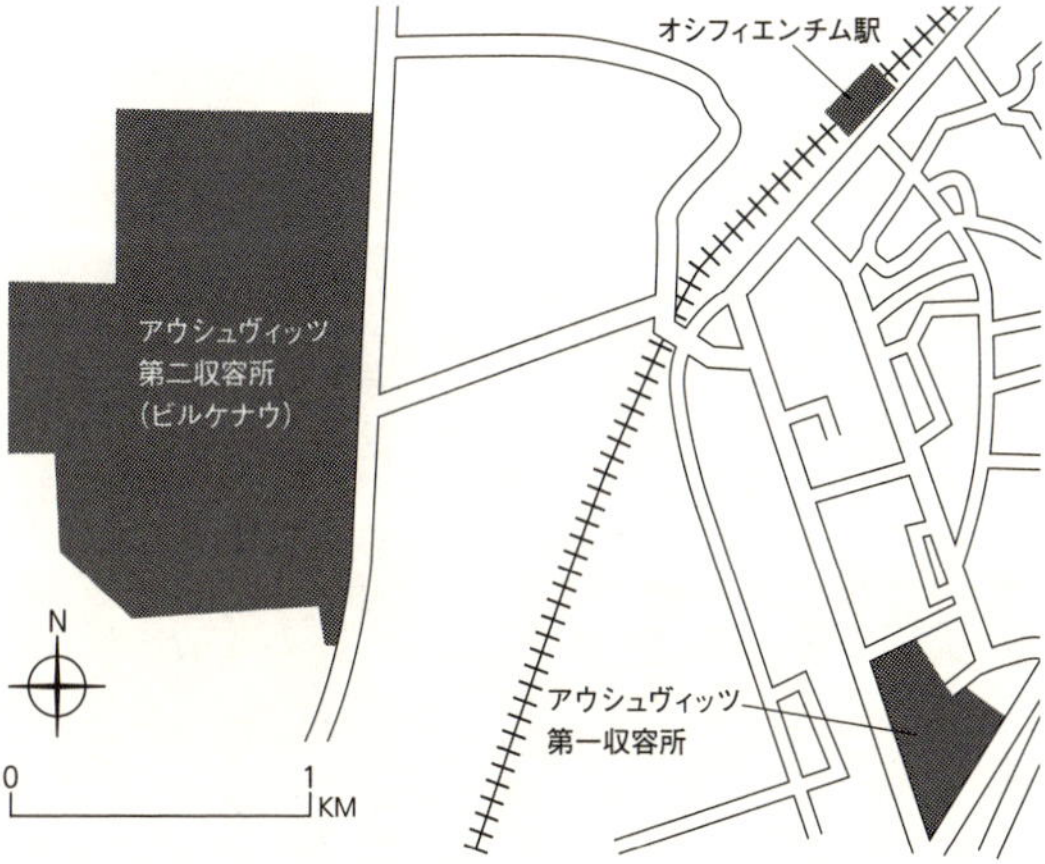

た。いちばん驚いたのは、ポーランドでは英語がまったく通じなかったことです。会話が通じないということではなく、なんとワン、ツー、スリーも伝わらない。民宿のおばさんと、たどたどしいロシア語で苦労してコミュニケーションを取ったのを覚えています。

それでアウシュヴィッツ。二〇年近くまえの話なのでいまではかなり様子が違うと思いますが、それを前提にお話しすると、いわゆるアウシュヴィッツには第一収容所と第二収容所があるんですね。第二は「ビルケナウ」と呼ばれます（地図）。

第一の入口の門には、スティーヴン・スピルバーグ監督の映画『シンドラーのリスト』にも登場する、“ARBEIT MACHT FREI”（労働は人を自由にする）という有名な看板が掲示されています。敷地内には煉瓦作りの収容棟が並んでいるのですが、それは当時は収容者の出身国ごとの展示棟になっていました（いまはどうか知りません）。ドイツ棟とかフランス棟とかノルウェー棟とかポーランド棟とかがあって、各国がいかにナチスの横暴に抵抗したかを示す愛国主義的な展示があるんです。この「国別展示」には驚きました。観光バスがつぎつぎ来て、それぞれ出身者の国籍の棟に向かうので、テーマパークのような雰囲気すらありました。

けれども、第二のビルケナウのほうはまったく印象が違う。第一と第二はちょっと離れていて、第二に向かうには当時はタクシーで個人で行かなければなりませんでした。けれどもその価値はありました。ビルケナウは第一よりもはるかに広く、「絶滅収容所」と呼ばれる別種の収容所です。政治犯の収容や強制労働は目的ではなく、巨大なガス室とそこに向かう鉄道の引込線が中心で、ただひたすらユダヤ人を効率的に殺すことだけを目的として設計されている。

ぼくが訪れた時点では、まだ観光客向けの整備が進んでおらず、一面野原のままになっていました。入口でも、ドイツ語とポーランド語で併記されたわら半紙のようなボロボロの案内図を一枚渡されるだけです。それを頼りに、一キロ四方ほどの敷地を歩き回りました。

とにかく膨大な数のひとがここで殺されています。ぼくが行ったときは、焼却炉の周囲の地面を軽く掘ると人骨が見つかりました。本当です。日が傾いて暗くなるなか、林のなかをさまよっていると小さなドイツ語の看板があって、どうやら「ここでナチスはユダヤ人の脂肪から石鹸を作った」と書かれているらしいと解読してその向こうを覗くと、大きな丸い水槽がひっそりとあったりする。あの空気は言葉では表現しがたい。「死」がむき出しにごろりと転がっているというか、とにかく異様でした。ぼくはオカルトは信じませんが、地縛霊という言葉を使いたくなる。生涯忘れがたい経験になり、のちの仕事に大きな影響を与えました。

しかし、ではその体験が「表層を撫でる」以上の特別のものだったのかといえば、決してそうは思わないのです。ぼくは、『地球の歩き方』を片手にクラクフ発のバスで行った単なる観光客で、特別のガイドを雇ったわけでも、現地の住民と交流したわけでもありませんでした。数時間アウシュヴィッツに滞在し、まさに「表層を撫でた」だけ。でもそれでも、アウシュヴィッツについて何十冊の本を読むよりも、強烈なものを受け取ったと思っています。

言葉にできないものを言葉にするための体験

アウシュヴィッツを訪れたころ、ぼくは東大の駒場で表象文化論専攻の大学院に所属していました。表象文化論というのは、簡単に言えば、絵画や映画、文学、建築などを「記号の構造」に焦点を当てて分析する学問です。

そんな表象文化論では、よく「表象不可能性」という問題が取り上げられます。災害や戦争のように、あまりに深刻で複雑であるがゆえに、単純に記録に残したり物語にしたりするのでは本質が伝えられないような出来事の性格を表す言葉です。戦後ヨーロッパの思想家たちは、第二次大戦への反省から、そんな概念を生み出しました。そこではよくナチスドイツのユダヤ人大虐殺（ホロコースト）が例に挙げられます。ホロコーストは「表象できる」（＝言葉にできる）のか。これは戦後のヨーロッパの哲学の大きなテーマでした。

東日本大震災以降ぼくが原発事故に深い関心を寄せているのも、そのような学問からの影響があります。ただ、ホロコーストと原発事故は、どちらも巨大な悲劇ですが、大きな違いもある。ホロコーストでは加害と被害の関係が明確なのに対して、チェルノブイリや福島の事故では、放射能と健康被害の因果関係を証明することがむずかしい。結局は統計の解釈になってしまう。実際、事故から四半世紀が経ったいまでも、チェルノブイリの死者数については諸説ある。福島についても、今後長く混乱が続くでしょう。

しかし、因果関係がどうであろうと、原発事故によって傷ついたひと、生活の場が奪われたひとがたくさんいることはまちがいない。そして、そのような「科学的には言語化できない」痛みを言葉に置き換えていくのも、また哲学の役割です。かつてヨーロッパの知識人たちが、アウシュヴィッツという表象不可能な体験、つまり「言葉にできない体験」を言葉にすることに尽力したのと同じように、ぼくもまた、たまたまではあれ福島第一原発事故のような大きな事件に遭遇したからには、似た責務を負っていると考えています。

言葉にできないものを言葉にすること。そのために大事なのは、まずは言葉にできないものを体験すること、つまり「現地に行くこと」です。そして、できるだけ多くのひとに訪れてもらうためには「観光地化」は欠かせない。

ぼくがアウシュヴィッツに行くことができたのは、そこが観光地化していて、クラクフから定期的にバスが出ていたからです。これは決定的に重要な事実で、これを忘れてアウシュヴィッツ経験を語っても意味がありません。だからぼくは、たしかに観光地化でアウシュヴィッツの「本当にすごいところ」は消えるのかもしれないけれど、それでもやはり観光地化したほうがいいと考えます。いくら俗悪な観光地になっても、それでもやはり悲劇の片鱗は残るし、その片鱗でもひとの人生は十分に変わる。そういう思いが、福島第一原発についても「観光地化」の提案に繋がっています。

記号にならないものがこの世に存在する事実

ネットは記号でできている世界です。文字だけの話ではありません。音声や映像が扱えるようになっても同じで、結局はネットは人間が作った記号だけでできている。**ネットには、そこにだれかがアップロードしようと思ったもの以外は転がっていない。**「表象不可能なもの」はそこには入らない。

けれども、だからといって、ネットは無意味だ、本当に重要なことは言葉にならないというわけではありません。どうのこうの言いながら、ぼくたちはネットと言葉に依存しなければ生きていけない。重要なのは、言葉を捨てることではなく、むしろ**言葉にならないものを言葉にしようと努力すること**です。本書の言葉で言えば、いつもと違う検索ワードで検索することです。

言葉にならないものを、それでも言葉にしようと苦闘したとき、その言葉は本来の意図とは少し異なる方法で伝わることになります。哲学的な表現を使えば「誤配」されることになります。そしてその誤配を通して、ぼくたちは、言葉にならないものそのものは知ることができないけど、そんな言葉にならないものがこの世界に存在する、その事実だけは知ることができる。要は、記号を扱いつつも、記号にならないものがこの世界にあることへの畏れを忘れるな、ということです。

たとえば、いま日本では在特会（在日特権を許さない市民の会）のヘイトスピーチが話題になっています。彼らは平気で「韓国人を殺せ」などという。安田浩一さんが『ネットと愛国』（講談社）で指摘しているように、在特会はネットで急速に勢力を拡大した政治団体です。「殺せ」などという言葉がかくも軽く使われる状況は、ネットが記号の世界であることが関係しています。彼らは本当に、実在の、記号ではない人間に向かって「おまえは死ぬべきだ」と言えるのでしょうか。

検索ワードを探す旅とは、言葉にならないものを言葉にし、検索結果を豊かにする旅のことです。そしてそのためには、バックパッカーでなくても観光で十分、いやむしろ、世界中が観光地化し始めているいまこそあちこちの「秘境」に出かけるべきだ、とぼくは思うのです。

4

欲望を作る

チェルノブイリ

はじめて知るチェルノブイリの日常

二〇一三年の四月の一週間、津田大介さんや開沼博さんとともに、チェルノブイリに取材に行ってきました。

ここまでもたびたび触れてきたように、ぼくはいま福島第一原発観光地化計画という大きなプロジェクトを立ち上げています。そのなかで、原発事故の「先輩」にあたるチェルノブイリの現状を知ろうと思い、ウクライナを訪れました。実際に原発周辺の見学ツアーに参加し、「観光写真」を撮影し、政府関係者や旅行会社関係者にもインタビューを取ってきました。成果は『チェルノブイリ・ダークツーリズム・ガイド』という本にまとめています（二〇一三年七月に刊行）。

取材ではさまざまな驚きや発見がありました。なかでもいちばんの驚きは、チェルノブイリ市がいまも多くのひとの「日常」の場になっているということです。チェルノブイリ市中心部は、じつは原発から一五キロほど離れています。それでも、原発から三〇キロを目安とした地域は、いまでも「ゾーン」と呼ばれる立入禁止区域に設定されており、許可なく立ち入ることはできないし、住むことも許されていません。チェルノブイリ市もいちおうこの「ゾーン」内に含まれています。

しかしだからといってまったくの無人地帯が広がっているのかというと、そんなことはぜんぜんないのですね。チェルノブイリ市には、住民こそいないのだけど、役所があり、研究所があり、食堂もあればバスターミナルもある。車も行き来している。なぜか。考えてみれば当然ですが、事故処理にも除染にも労働者は必要だし、彼らの生活を支えるためのインフラも必要だからです。

そもそもチェルノブイリ原発は、発電はさすがにしていないのですが、いまでも送電所としては使われ続けていて、原発内にはおよそ三〇〇〇人の労働者が働いている。つまり原発内は労働者がたくさんいるんです。「チェルノブイリ」という記号に踊らされていると、そういう現実が見えなくなります。

短い滞在ではありましたが、ぼくたちはチェルノブイリで、そこでどういうひとが働いているのか、どんな食事を摂っているのか、どんなものを買っているのかを目にすることができました。「チェルノブイリの労働者」と聞くだけだと、防護服で完全防護された人々が悲壮な表情を浮かべて苦役労働を強いられているすがたが想像されます。これは「フクイチの労働者」でも同じかもしれない。でも実際には違います。チェルノブイリ原発内はかなり明るい雰囲気なのです。的はずれな想像を避けるためには、実態を見るのがいちばん早い。福島第一原発事故のイメージに踊らされている日本の人々は、チェルノブイリに行くべきだと感じました。

ちなみに、チェルノブイリの立入禁止区域内の空間放射線量は、東京とたいして変わらないくらいに低いものです。数字の解釈はいろいろだと思いますが、とにかくそれは事実です。

情報の提示ではなく、感情の操作が必要

今回の取材で印象的だったのは、放射能や原子力への考えはさまざまであるものの、ウクライナ人たちがひとつ同じ主張をしていたことでした。それは、チェルノブイリ原発事故の記憶は風化しつつあり、風化を食い止めることができるのであれば、きっかけはゲームでも映画でもかまわない、観光客の訪問も賛成だということです。

チェルノブイリ原発事故は世界史に残る事故です。しかしそれでも二五年も経てば風化する。キエフ市内のチェルノブイリ博物館では、メインキュレーターのアンナ・コロレーヴスカさんがこんな話をしていました。チェルノブイリ博物館は来場者数が落ち込んでいた。そのため、総合的な災害ミュージアムとしてリニューアルする構想まであった。それが福島の事故が起きたことで、再

編計画は立ち消えになったと。

いまの日本では、まだ事故の風化は想像されにくいかもしれません。風化の危険を訴えても、みな福島を忘れるはずはないと思っている。それどころか、まだ傷も生々しいのだから、そこにはなるべく触れるなという論調すらある。けれども、福島の記憶もいつか風化します。二五年後でも廃炉作業は始まってすらいないかもしれない。それでも記憶だけは風化していく。チェルノブイリはまさにそのような状況になっていました。福島も、いずれ忘却に対してどう抗《あらが》うかという問題に直面することになると思います。

だからこそぼくは観光地化計画を提唱しているわけですが、チェルノブイリの事例はいろいろ参考になりました。たとえばチェルノブイリ博物館では、さまざまな資料や関連情報が、デザイナーの主観のもと、文学的、芸術的に、あたかもアートワークのように展示されている（次頁写真）。日本でよく見られるような、客観的で科学的な資料をできるだけ中立的に展示する手法とはまったく違う。日本人の感覚からすると、歴史博物館というよりも、美術展を見せられているような気持ちになります。

ぼくはメインデザイナーのアナトーリ・ハイダマカ氏に、この展示方法は適切なのだろうかと尋ねてみました。すると彼は、展示にはむしろ主観的な感情が入っているべきだと答えるのです。ハイダマカ氏は広島の平和記念資料館も訪れたらしいのですが、感情抜きの客観的な展示だけでは、出来事の記憶は伝わらないと言います。

ここには重要な示唆が含まれています。むろん、日本とウクライナでは民族性や文化に違いがあるので、単純にチェルノブイリ博物館の方法論を取り入れるわけにはいかないでしょう。けれども、日本で同じような博物館を作ろうとすると、真っ白な壁にグラフやら地図やらを並べ、パネルで説明し、あとはコンピューターでも並べて大量の映像データが閲覧できるようになっている……といった光景が思い浮かびます。しかし本当にそれでいいのか。それでお客さんが来るのか。そう考えたとき、チェルノブイリ博物館のような方法があることは頭の片隅に留めて置いていい。

どんなに客観的な情報を並べても、だれも見てくれないのであれば意味がない。**情報の提示だけでなく感情の操作も必要だ**、というのがチェルノブイリ博物館の思想なわけです。これは本書のテーマと深く関係しています。

欲望させるための「観光地化」

これからの社会では、記憶容量の制限が事実上なくなり、とにかくあらゆるものがデジタル化され、無限に近くストックできるようになるはずです。公的機関も今後はオープン化が進み、議事録から内部資料からなにからなにまで、莫大なデータが公開されるようになるでしょう。興味さえあれば、だれでもあらゆる情報にアクセスすることができるようになるわけです。

しかし、そうなってくると、こんどはその情報が「本当に見られているのか」が問題になってきます。ネットの情報は、新聞やテレビと違い自然に配達されてくるものではありません。目的の情報に辿り着くためには、まず検索ワードを打ち込まなければならない。その情報が見たい、という欲望がなければならないのです。いくらデータベースを公開しても、公開された情報をだれも欲望しないのでは意味がありません。あらゆる情報がネット上でストックされるこれからの時代においては、情報の公開の有無ではなく、「検索の欲望」をどう喚起するかこそが重要な問題として浮上してきます。

たとえば現在、東京電力のウェブサイトにアクセスすると、廃炉作業についてのロードマップをダウンロードすることができます。しかしサイトには大量のPDFが並んでおり、どれが目的のファイルなのかは、かなり熱心に探さないとわからない。むろんそれでも、専門家や運動家はファイルを探し出して内容を精査するはずです。しかしそれは本当の「公開」なのか。普通の市民が関心をもち、アクセスするようになって、はじめて本当の情報公開なのではないか。これからの情報公開は、単に情報にアクセスできるようにするだけではなく、「アクセスしたいと思わせる」ことも必要だということです。

ぼくが福島第一原発観光地化計画で、「観光」という強い言葉を選んでいるのも、まずは関心をもってもらうためです。これがもし「原発事故の記憶を残すプロジェクト」だったらどうか。だれも批判しないでしょうけど、逆に関心も呼ばない。だからこそ非難されるのを承知で「観光」という言葉を使っています。

移動にこそ欲望が詰まっている

情報への欲望は、身体と深く関係しています。ここで本書のテーマである旅が出てくる。

情報は公開されるだけでなく、欲望されなければならない。ではどうやって欲望させるか。そのためには身体を「拘束」するのがいちばんいいと思います。身体を拘束、というとぎょっとするかもしれませんが、単純な話です。たとえばぼくたちはチェルノブイリに行きました。行くのはたいへんです。日本からウクライナまでの直行便はありません。ようやくキエフに着いても、チェルノブイリはそこからバスで二時間かかる。でも移動時間は決して無駄ではありません。なぜなら、その行程のなかでこそ、ひとはいろいろと考えるからです。この「移動時間」にこそ旅の本質があります。もし今回のチェルノブイリツアーについて、仮想現実で体験可能だったとしたらどうだったでしょう。自宅にいながらにして、チェルノブイリをめぐることができる。いま労働者はこういう生活をしているのか。事故の傷痕はこう残っているのかとわかる。実際、いまでもチェルノブイリ原発の写真はネットにいくらでも転がっています。博物館の内部写真もあります。グーグルストリートビューもあります。現地に行っても写真と同じ風景が見えるだけです。仮想現実でも情報は十分に手に入るように思えます。

しかしやはりなにかが違います。違うのは情報ではなく**時間**です。仮想現実での取材の場合、そこで「よし終わった」とブラウザを閉じれば、すぐに日常に戻ることができる。そうなるとそこで思考が止まってしまう。

けれど、現実ではそんなに簡単にはキエフから日本に戻れない。だから移動時間のあいだにいろいろと考えます。そしてその空いた時間にこそ、チェルノブイリの情報が心に染み、新しい言葉で検索しようという欲望が芽生えてきます。仮想現実で情報を収集し、すぐに日常に戻るのでは、新しい欲望が生まれる時間がありません。

身体を一定時間非日常のなかに「拘束」すること。そして新しい欲望が芽生えるのをゆっくりと待つこと。これこそが旅の目的であり、別に目的地にある「情報」はなんでもいい。

「ツーリズム」(観光)の語源は、宗教における聖地巡礼(ツアー)ですが、そもそも巡礼者は目的地になにがあるのかすべて事前に知っている。にもかかわらず、時間をかけて目的地を廻るその道中で、じっくりものを考え、思考を深めることができる。観光＝巡礼はその時間を確保するためにある。**旅先で新し**

い情報に出会う必要はありません。出会うべきは新しい欲望なのです。

いまや情報そのものは稀少財ではない。世界中たいていの場所について、写真や記録映像でほとんどわかってしまう。にもかかわらず、旅をするのは、その「わかってしまった情報」に対して、あらためて感情でタグ付けをするためです。海外旅行なんて必要ない、グーグルストリートビューで写真を見れば十分じゃないかというひとは、このことを見落としています。

情報はいくらでも複製できるけど、時間は複製できない。欲望も複製できない。情報が無限にストック可能で、世界中どこからでもアクセスできるようになったいま、複製不可能なものは旅しかないのです。

5

憐れみを感じる

韓国

「個人」と「国民」が乖離して共存する

ぼくがはじめて海外に出たのは（記憶にない幼少時を除くとすると）、一九九一年、友人と二人で行った韓国旅行です。韓国を選んだのは、距離や費用が手頃だったということもありますが、第二次世界大戦の史跡に関心があったことも影響しています。

韓国は民主化が一九八七年で、ソウルオリンピックが翌一九八八年です。当時の韓国はまだ経済成長の途上にあって、いまほど裕福ではありませんでした。街並みは日本に似ていましたが、全体的に古びていて、あちこちに反日的な碑が建っていました。伊藤博文を暗殺した安重根の記念館も訪問しました。彼は日本から見ればテロリスト以外の何者でもありませんが、韓国では国民的英雄とされています。いまでこそネットで常識ですが、一九九一年の当時韓国の

「反日教育」は日本ではまったく話題になっていなかったので、大きなショックを受けました。

しかし、なによりもぼくがショックを受けたのは、東京からわずか二、三時間の距離の場所に、まったく歴史観が異なる同世代が生きていて、そしてそのことに自分がまったく無知であったことに対してでした。

学生二人連れだったので、旅行中にはいろいろ知り合いもできて、そのうち数人とは文通が続いたりもしました。そういうふうに付き合うとただの高校生や大学生なのに、いきなり徴兵制の話が出てきたりして、同じところ、違うところがモザイクのように絡んでいることに強い印象を受けました。**「個人としてわかりあえること」と「国民としてわかりあえないこと」が乖離しつつ共存している感覚**は、のちのぼくの仕事に決定的な影響を与えていると思います。

言葉より「モノ」にこだわりたい

さて、この章では少し哲学的な話をしようと思います。慣れない読者は、飛ばして次章に進んでもらってもかまいません。

情報技術革命によって情報へのアクセスは格段に上昇しました。しかし、検索エンジンにどういう言葉を打ち込めばいいのか、それを思いつくためには部屋に閉じこもってネットばかり見ているのではなく、身体を移動しないといけない。この逆説が本書のテーマです。

これは、もう少し抽象的に言えば、「言葉」と「モノ」のあいだの関係の話ということになります。フランスの哲学者、ミシェル・フーコーの著作に『言葉と物』というのがありますが、人間の現実は要は言葉とモノからできています。

そのとき、まずはモノの世界が大事だと考えるひとたちがいます。「やっぱり人間、直接にいろんなものを見て、他人とも面と向かってしゃべらないといけないよね」という考え方です。それに対して、むしろ言葉こそが大事だと考えるひとたちもいます。「人間の現実はすべて言語で構成されているのだから、その外部なんて考える必要はない、他人との会話だってしょせんは言葉だ」という思想です。

世間一般ではモノ至上主義者が多いと思いますが、二〇世紀の現代思想はむしろ後者の言語至上主義者を中心に動いてきました。そしてそれは、結果的にネットユーザーにも近い世界観です。すべて情報だ、すべて言葉だ、リアルなんて必要ない、というわけです。

けれどもぼくは、言葉こそが大切だという現代的な考え方を踏まえたうえで、さらにもう一周ぐるりと回って、言葉の世界をうまく回すためにはモノが必要だ、という立場をとっています。

なぜ必要なのか。それは、**メタゲームを止めるため**です。

言語の「メタ化」機能がもつ厄介さ

ぼくの出発点は、ジャック・デリダという、二〇世紀フランスの哲学者の研究です。デリダの哲学のキーワードは「脱構築」です。脱構築とは、あらゆるテキストはその解釈の仕方によって、どんな意味でも引き出せるという考え方です。デリダによれば、言葉というのはじつに頼りになりません。

言葉を使うと、人間はいくらでも議論を「メタ化」することができます。たとえば、みなさんがある問題にぶちあたり、どのような対応を取るのが「正しい」のか、仲間たちと議論をしていたとします。最初のうちは議論は具体的なのですが、行き詰まってくると、だんだん議論が抽象化していきます。そうすると、最初の問題設定はどこかにいってしまって、どういう対応が正しいのか議論する以前に、この場合そもそも「正しい」とはなにかを考えてみようとか、いやいやそもそも自分たちが正しいかどうかを決められるのか、そのことについても考えようとか、どんどん議論がズレていってしまいがちです。議論が「メタ化」し、なにがなんだかわからなくなるわけです。

人間は高い記号処理能力をもっています。だから解釈に解釈を重ねて、すべてをメタ解釈の争いにもっていくことができます。「おまえのやっていることは正義ではない」という非難に対して、「そもそも正義とはなにか」「正義は定義できるのか」「そもそもおまえは告発する権利をもっているのか」……というくらでもメタレベルで答えを返すことができます。ネットの「炎上」でよく見る光景ですね。

言葉で真実を探さない

これ自体は決して悪いことではありません。というより、そういう「どんどんズレていく言葉の能力」こそが文化の本質であり、文学や詩の源泉だと言うことができます。しかし厄介な事態を起こすことも確かです。

たとえば日韓の歴史認識問題。いわゆる従軍慰安婦問題です。旧日本軍により強制連行された従軍慰安婦が存在したかどうか。ぼく自身は存在した可能性が高いと思います。けれども、それで反対派を説得できるとは思いません。なぜなら、ここではまさに「どんどんズレていく言葉の能力」が発揮されているからです。まずは「強制連行」とはなにかという定義の問題があり、また、証言や記録に対しても、あれは本当だ、いや嘘だ、嘘という主張こそ嘘で裏には陰謀があるのだ、といろいろな「解釈」が入り乱れています。なぜこのような状況に陥っているかといえば、それは、従軍慰安婦についての論争が、最終的な証拠を証言や文書記録といった「言葉」に求めているからです。言葉に言葉を重ねるメタゲームは、決して止まることはありません。

これは日常でもよく出会う話だと思います。たとえばセクハラやパワハラ。それも記憶だけが頼りの訴えで、物理的な証拠がない、あるいは見つからないケースです。一方が被害を主張し、他方はそれは嘘だ、記憶違いだと反論する。

ではそこで「真実」がなにかといえば、第三者にできるのは、どこかで探求を切り上げて暫定的事実を確定させ、一定の処罰を下して「終わったこと」にすることぐらいしかありません。被害者も加害者もそれぞれ不満を抱くかもしれないけれど、これは人間の言葉のどうしようもない限界です。言葉の解釈は無限に積み上げることができるので、被害者はいくらでも話を大げさにできるし、逆に加害者はいくらでも屁理屈で逃げることができる。言葉だけでは争いは止まらない。

だからぼくは日韓関係については、もはや正しい歴史認識を共有すべきではなく、むしろ「歴史認識を共有できないという認識を共有すべき」だと考えています。従軍慰安婦問題に限らず、さまざまな事件について、韓国には韓国の、日本には日本の言い分があって、それぞれの国で過激な主張がある。そこであるひとつの「正しい」歴史認識を強引に共有しようとしたら、下手をすると戦争になる。むろん、真実はひとつです。けれども言葉ではそこには到達できない。だとすれば、「真実を探さない」ことが合理的であることもありえます。

ぼくはさきほど、「個人としてわかりあえること」と「国民としてわかりあえないこと」の乖離について述べました。「国民としてわかりあえないこと」よりも「個人としてわかりあえること」を優先して、制度設計するほうが賢いと思うのです。

言葉の解釈は現前たる「モノ」には及ばない

検索というのは、自分に都合のいい物語を引き出すのに最適な手段です。検索ワードごとにさまざまな物語が生まれるからです。

裏返せば、ネットは原理的に、「あるひとが検索で辿り着いた世界観」と「別のひとが検索で辿り着いた世界観」を調停することができないメディアなのです。これは、一〇年以上まえにキャス・サンスティーンというアメリカの憲法学者が指摘しています（『インターネットは民主主義の敵か』）。ぼくは、一方でデリダの哲学を研究し、言葉の無力さを学んできたという経緯から、他方でネットにずっと触れ、自分や友人の「炎上」を数多く見てきたという経験から、「言葉だけでは争いを止められないということを前提として、では争いを止めるためにはどうすればよいのか」に関心をもち、考えてきました。

そこでぼくが辿り着いたのは、「モノ」が大事だという結論です。より正確に言えば、時間や経験といった「言葉の外部にあるもの」。

第3章でアウシュヴィッツ訪問の話をしました。歴史修正主義者がいくら「ガス室はなかった」と言っても、アウシュヴィッツやザクセンハウゼンの遺構はいまも存在し、簡単に観に行くことができます。これはとても重要なことです。もし、戦後のゴタゴタでアウシュヴィッツやザクセンハウゼンがすべて更地にされ、住宅地かなにかに生まれ変わっていたとしたらどうか。「ガス室はなかった」という主張は、いまよりもはるかに強い影響力をもってしまったと思います。文書や写真や証言が残っていても、それはいくらでも、現在の世界観に都合のいいように再解釈できてしまう。人間にはそういう力がある。けれども解釈の力はモノには及ばない。歴史を残すには、そういうモノを残すのがいちばんなのです。

人間の記憶はあまり信用できません。イアン・ハッキングという科学史家が書いた『記憶を書きかえる』（早川書房）という本があります。一九八〇年代のアメリカでは多重人格障害が爆発的に増えました。診断マニュアルに多重人格の項目が登録され、それを機会に増えたのです。多重人格の原因は虐待や性暴力ということになっていたので、一時期はアメリカでは、数百人にひとりが幼少期に虐待を受けているという話になった。しかしそれはさすがにおかしい。というわけで、しばらくするとこんどは「擬似記憶症候群」という新しい言葉が作られました。そして、幼少時の虐待について子どもに訴えられた父親たちが、逆に「子どもたちは医者やカウンセラーに騙されている」と訴え返すような泥沼の事態が起き始めた。まさにメタゲームです。

証言というのはかくも不安定なものです。トラウマもまた、それそのものが言語的な記憶である以上、絶対視することはできません。証言は絶対じゃない。記憶はいくらでも書き換えられる。同じ理由で、被害者の記憶は嘘なのだと加害者が主張することも可能になります。ここでもモノが重要になる。身体的な痕跡はメタゲームを止める力をもっています。痣《あざ》なり火傷なりレイプの跡なりがあったとしたら、それは文句なくアウトですよね。裏返せば、そのような痕跡がないとゲームは止まらない。

別の観点で考えてみましょう。ドストエフスキーの『カラマーゾフの兄弟』に、「大審問官の話」という有名な作中作があります。詳細は省きますが、兄弟のひとりであるイワンが、熱心なキリスト教徒である弟のアリョーシャを批判するために語った寓話です。そこでイワンは、アリョーシャに、かりにいつか本当に神が現れ、最後の審判ですべての人間が救済され、「いままでの苦しみはすべてこの救済のためだったんだ。神様万歳！」と言ったとしても、それは「未来のぼくたち」が喜んでいるだけであって、「いま、ここのぼくたち」の苦しみにはなんの関係もないじゃないか、と言います。

これはまさに記憶の書き換えの話になっています。未来のぼくが「過去のぼくはこう考えていた」と言ったとしても、そんなのはまったくの嘘かもしれない。未来のぼくは、いまのぼくの苦しみのことなど完璧に忘れてしまっているかもしれない。イワンはその不安について語っています。キリストの神は最後の審判と同時にみなを洗脳するからヤバイのだと、現代風に言えばそう言っているわけです。

　もう少し哲学的に言えば、これは弁証法的な時間に対する異議申し立てと言うこともできます。弁証法は、相反する要素（正と反）が衝突し、どんどんより高い次元（合）に到達していくという思想です。つまり、時間的にあとに来るものほどすぐれているという思想です。いまここにいる二〇一三年のぼくよりも、いろいろなトラブルを経たあとの二〇一四年のぼくのほうが成長しているはずだし、そのあともどんどん成長していくだろうというわけです。

　けれども、それは本当ではない。未来のぼくたちが、いまのぼくたちよりも正しく、賢く、そして過去の苦しみを記憶しているという保証はない。歴史の保存は、そのような「後世における記憶の書き換え」を意識して行わなければならないのです。

記憶の書き換えに抵抗するために「モノ」を残す

ぼくはじつは、「記憶の継承」という言葉は好きではありません。記憶は書き換え可能だからです。大事なのは、記憶の書き換えに抵抗する「モノ」を残すことです。

言葉というのは、現実を捉えるには貧しいメディアです。まえに述べたように、ぼくたちはチェルノブイリに行きました。そして放射線量の低さに驚きました。けれども、ぼくたちと同じようにチェルノブイリを取材していながら、日本ではトーンの違う記事が主流です。「いまでも作業員は、想像を絶するような放射線量に曝《さら》されながら終わりのない廃炉に取り組んでいる――」とか、そんな感じのものばかりです。

別にその記事がまちがいというわけではありません。今回、チェルノブイリ原発内でぼくたちが計測したなかでいちばん高い空間放射線値は一二マイクロシーベルト毎時。これを「想像を絶するような放射線量」と言っても、まちがいとは言えません。廃炉作業もたしかに終わりは見えません。けれども、ぼくたちが取材したかぎりでは、作業員はべつに高い放射線量にずっと曝されているわけではありません。そもそも彼らは鼻歌を歌ったりラジオをかけたりしていて、特別な緊張感や悲壮感は感じられませんでした。同じ現実をまえにしても、違う言葉があれば違う物語が発生する。繰り返しますが、これはどちらが正しいという問題ではありません。こういう齟齬《そご》は絶対に起きるのです。

だからモノを残すのは大切なのです。チェルノブイリならば、原発がまだ残っており、多くのひとがその内部を見学可能である、その事実が決定的に重要です。同じモノをまえにして、ぼくたちみたいな切り取り方をするひとがいてもいいし、そうじゃないひとがいてもいい。物語が多様で調停不可能でも、最後は現場に行くことで、各人が「自分のチェルノブイリ」を発見することができる。しかし記録が書類だけになってしまうと、そういう調停の可能性が失われてしまう。

ぼくたちは、検索を駆使することで無限の情報から無限の物語を引き出すことができる時代に生きています。だからこそ、ひとりひとりが、物語と現実の関係について自覚的でなければなりません。情報だけの世界に生きていると、乱立する物語のなかで現実を見失ってしまいます。新しいモノに出会い、新しい検索ワードを手に入れることで、言葉の環境をたえず更新しなければいけないのです。

「動物的な感情」に希望を託す

もういちど哲学の話に戻りましょう。二〇世紀の哲学は、記号や言語の力をとても重視しました。

けれどもぼくは、二一世紀の哲学は、あらためて「物理的な実在」の力を評価しなおすべきだと考えています。それは存在論的な意味においてではなく、実践的（プラグマティック）な意味においてです。

たとえば児童虐待が起きたとします。そこで証拠として、被害児童の痣を見るのと、それを再現したイラストを見るのとでは、人間はまったく違う印象を受けます。残酷かもしれませんが、被害を立証し、見たひとの感情を動かすためには、実際の痣を見せるのがもっとも効果的だったりする。これが人間というもので、制度はあらかじめその性格を考慮して設計したほうがいい。記号や言語だけで、社会を作り、正義を貫くのは無理なのです。

ぼくは二〇一一年に『一般意志2・0』（講談社）という本を出版しています。そこではルソーをとても高く評価していますが、その理由は彼がそのような実践的な観点をもっていたからです。

ルソーはフランス革命の理論的支柱になったひとです。近代民主社会の礎を築いたと言われます。しかし、ルソーの人間観や社会観は、ホッブズやロックといった社会契約説の先行者とはまったく異なっています。ホッブズやロックは、人間は自然状態では争いを止められないのであり、だからそれぞれの権利を制限し、社会契約を結ぶのが「合理的」なのだと主張しました。ひらたく言えば、人間は理性的で論理的で、頭がいいので、自分の本性を抑圧し社会を作るということです。

それに対して、ルソーは、人間は本来は孤立して生きるべきなのに、他人の苦しみをまえにすると「**憐れみ**」を抱いてしまうので、群れを作り、社会を作ってしまうと説くのです。つまり彼は、社会契約の根拠は合理的な判断にではなく、むしろ動物的な感情にあると述べているのですね。これはとても独創的で、そして射程の長い思想だと思います。

ぼくが「物理的な実在」の力をふたたび考慮すべきだというのは、この「憐れみ」の重要性を考えなおそうということでもあります。

ルソーの言う「憐れみ」は、人権とか正義とかいった理念とは関係のないものです。むしろとても動物的で反射的なもの。目のまえでひとが血を流していたら思わず手を差し伸べてしまう、きわめて日常的な感覚です。

それは哲学的にはとても素朴な話に見える。しかし、素朴だからこそいいのです。なにが人権か、なにが正義か、については無限の解釈論争があります。

そしてそれは言葉では止めることができません。現代思想の世界では、そんな

「無限の解釈論争」こそが正義の条件なのだといったアクロバティックな主張もあるのですが（前述のデリダはそれに近い立場です）、それはもう理論のための理論になっているように思います。

　他方で、ルソーの言う「憐れみ」はいっさい言語的なものではありません。けれども、だからこそ力強く、正義とはなにか、人権とはなにかといった解釈論争を止め、目のまえの不正義に対応することができます。現代の哲学者では、ぼくの知るかぎり、アメリカのプラグマティスト、リチャード・ローティが――彼自身はルソーをまったく引用していないのですが――同じようなことを主張しています。彼は『偶然性・アイロニー・連帯』（岩波書店）という本のなかで、人間の連帯で重要なのは理念の共有ではなく、「あなたも苦しんでいるのですか」という想像力に基づいた問いかけだと述べています。これはとても重要な指摘です。

　それは人間の限界を示す話でもあります。もういちど児童虐待を例にとりましょう。ここに、外見にまったく異変がなく、きれいな服を着た子どもがいるとする。その子が虐待を受けていると主張する。それを聞いてすぐに「助けなければ」と思うことができるか。それはむずかしい。その子は嘘をついているのかもしれない。なにか別の事情があるのかもしれない。もっと様子を見る必要がある。そう判断するのが自然です。

これは虐待を見逃してもいいという意味ではありません。そうではなく、冷静な大人であればそのようにしか判断できない、という限界の話をしているのです。

けれど、その子の腕が折れていたらどうでしょう。多くのひとが、これはいますぐ手を打たなくてはならないと思うはずですし、それに異論も出ないでしょう。ルソーが「憐れみ」という言葉で呼んだのは、この差異のことだと思います。言葉でのみ虐待を訴える子と、身体に傷を負って虐待を訴える子に対する多くのひとの反応の違い——それは人間の限界であるけれど、しかしその限界こそが社会の基礎になる。

ヘイトスピーチを繰り返す在特会の方々も、目のまえで韓国人が血を流し苦しんでいたら、国籍を尋ねるまえに手を差し伸べるのではないかと思います。ひとは国民であるまえに個人であり、**国民と国民は言葉を介してすれ違うこと**

しかできないけれど、個人と個人は「憐れみ」で弱く繋がることができる。そここそ、二一世紀のグローバル社会の希望があると考えています。

人生のダイナミズムに必要なノイズ

人間は思想は共有できない。モノしか共有できない。だから新しいモノに触れるため、旅に出よう。本書の主題は、こんなふうに哲学と結びついています。ところでいま「モノ」と述べていますが、前章までの話で言えば「欲望」もモノの一種だと考えることができます。欲望も言葉により制御できないからです。

この点は哲学的にはたいへん興味深い話です。というのも、ルソーは文学史的に見ると、性についてはじめて赤裸々に書いた作家でもあるからです。これはおそらく彼が「憐れみ」を重視することと繋がっている。ルソーは、とても唯物論的に、生々しく人間を捉えていたひとなんですね。

序文で、ネットは強い絆をますます強くする世界で、そこにノイズを入れるためにリアルがあるのだと言いました。その点で考えると、人間に「性」があるということはとても重要です。なぜなら、性の欲望はまさに人生に「ノイズ」を入れるものだからです。

ひと晩一緒に過ごしたという関係性が、親子や同僚といった強い絆をやすやすと超えてしまう。社会的に大成功を収めていたひとが性犯罪で破滅することがあるかと思えば、まったくの敗北者が権力者といきなり性のパートナーになったりする。そういう非合理性が、人間関係のダイナミズムを生み出している。もし人間に性欲がなかったら、階級はいまよりもはるかに固定されていたことでしょう。ひとは性欲があるからこそ、本来ならば話もしなかったようなひとに話しかけたり、交流をもったりしてしまうのです。その機能は「憐れみ」ととても近い。

ルソーは、人間はそもそも孤独に生きるべきで、社会など作るべきではないと考えていました。ではなぜ社会を作っているのかと言えば、憐れみを感じるから。それは彼にとって、性欲があるということと同じだったのだと思います。人間は、目のまえでひとが血を流していたら思わず手を差し伸べてしまうし、目のまえで異性（あるいは同性）に誘惑されれば思わず同衾《どうきん》してしまう、そういう弱い生き物であり、だからこそ自分の限界を超えることができる。

人間は弱い。欲望をコントロールできない。ときに愚かな行動もとる。しかし**だからこそ**社会を作ることができる。旅に出るとは、そういう愚かな可能性に身を曝すということでもあるのです。

6

コピーを怖れない

バンコク

貧困層だけから真実が見えるわけではない

二〇一三年の八月に、また家族旅行に行ってきました。こんどはタイのバンコクです。

バンコクで体感したのは豊かさです。タイもまたバックパッカーの聖地で、格安の旅行先という印象がありますが、ぼくが見たバンコクは様子が違いました。サイアム地区にあるショッピングモールは学生や家族連れで賑わい、マクドナルドなどファストフードの価格も日本とあまり変わらない。ヴィトンやアルマーニといったハイブランドの店にも、どんどんひとが吸い込まれていました。

タイシルクのブランド、ジム・トンプソンの家にも行きました。この人物、ぼくはまったく知らなくて、例によってホテルのプールサイドで検索して知ったのですが、かなり変わった経歴の持ち主なんですね。アメリカの諜報機関の一員として第二次大戦末期に東南アジアに赴任したのですが、終戦後はそのままタイに留まって、実業家に転身し、タイシルクを世界中に売り出して成功したらしい。最後はベトナム戦争中にミステリアスな失踪を遂げている。

そんなトンプソンの邸宅跡は、タイやミャンマーで集めた調度品が展示されており、いまでは博物館として観光名所になっています。妻がぜひと言うので訪れてみたら、タイ独特の高床住居を六棟繋げて作られた、とてもおしゃれなデザインの建物でした。スリランカでジェフリー・バワの建築を見たときも思ったのですが、東洋と西洋の意匠が混ざった植民地建築というのは、独特の美しさ、というか艶《なま》めかしさがある。併設されたレストランも、タイ料理をベースにしたレベルの高い創作料理で、青山にあっても違和感がない。博物館ではちょうど現代美術の作家展が行われており、ゆったりした休暇を過ごしました。

……と、こんなふうに記すと、おまえは本当のバンコクを見ていない、そんなところに行けない貧困層がまだまだたくさんいたはずだとお叱りを受けそうです。実際、それはそうだと思います。

しかし「本当のバンコク」とはなんなのでしょう。東京で考えてみてください。六本木ヒルズを見て得られる印象と、上野のアメ横を見て得られる印象、あるいは新宿のホームレスを見て得られる印象はまったく違うはずです。そのとき、では六本木ヒルズにいる人々が富裕層で、あそこにはまったく東京の現実が現れていないのかといえば、それもまた見当違いです。実際には、休日の六本木ヒルズは、富裕層でもなんでもない、一般市民が遊びにくる一種のテーマパークになっている。それもまた現実の東京。ホームレスや貧困層に注目すれば「本当の東京」が見えるというのも、ひとつのイデオロギーでしかありません。

「偽の東京」を模倣したタイのショッピングビル

もうひとつ印象に残ったのは、「ターミナル21」というショッピングビルです。サイアムの近くのアソークというビジネス街にあります。テナントは若者向けの小さな店が多く、日本で言えば渋谷の109や原宿のラフォーレといった感じです。なにげなく入ったのですが、これが驚きでした。

ターミナル21は、全体が「空港」というコンセプトでデザインされています。各階の内装は、一階はローマ、二階はパリ、三階は東京……とそれぞれひとつの都市をイメージさせるように作られ、エスカレーターの出入口も「出発」「到着」といった表示になっている。モール全体がテーマパークとして作られているわけですが、これは最近はよくあります。日本ではお台場のヴィーナスフォートが有名です。ヴィーナスフォートは、屋内の街路が中世ヨーロッパを模しており、天井には青空が描かれ、あちこちに天使像や噴水が設置されたキッチュな空間になっています。

ターミナル21もまた、ヴィーナスフォートに負けず劣らずキッチュな空間でした。ローマとかパリとかいっても、すべて偽物だからです。ローカルな空間がローカルのまま存在せず、キッチュなテーマパークとしてのみ生き残るというのは、世界中のモールで起きている現象です。ぼくが行ったところだと、シンガポールのヴィヴォシティには屋台村を模したフードコートがあったし、ドバイのドバイモールにはスーク（市場）を模したアクセサリーフロアがありました。ただ、このターミナル21には、そういう一般的な傾向では説明できない、突き抜けたおもしろさがあった。東京をテーマにした三階の内装が衝撃的だったんです。

なかなか言葉で説明しにくいのですが、三階の内装は、ほかの階と異なり、東京を真似て結果としてキッチュになったのではなく、むしろ確信犯的に「キッチュな東京」「偽の東京」そのものを模倣した空間になっていました。

数点写真をお見せしましょう。一枚目は内装風景（次頁写真１）。こんなふうに鳥居があったりします。二枚目は街路の天井（同写真２）。「嬉嬉として」「しあわせ」と書かれた不気味な提灯がずらりと並んでいます。手前の暖簾にはなにかカタカナらしい文字が書いてあるのですが、じつはカタカナではなくまるで読めません。三枚目はテナントの入口風景（同写真３）。「東京　再度参照してください」の看板が謎すぎますね。すべてがこんな調子で、このフロアの内装は、現実の東京を模倣する気がまるでありません。どちらかと言えば、「外国

写真１

写真２

写真３

人が勘違いで作り上げたキッチュな東京」のイメージを、もういちど模倣し、そのキッチュさを強調するような視点で作られている。無意味な日本語や誤ったカナ表記を多数配置しているところからも、かなり自覚的だと思います。学者風に言えば、ここでは、オリジナルとコピーの関係がもう一段捻れている。オリジナルのない純粋なコピー、哲学用語で言う「シミュラークル」です。

ターミナル21の三階をもっとも楽しむことができるのは、それが単なるコピーではなく「シミュラークル」であることを見抜ける、ぼくたち日本人です。観光ガイドには載っていない場所ですが、バンコクに行ったらぜひ訪れてみてください。

グローバル化の本質はコピー

ぼくはアジアの都市に行くのが好きです。そこではグローバル化の本質がはっきりと出ているからです。

東京をはじめ、東アジアの都市はどれも、ヨーロッパが生み出した近代都市の形態を模倣してできています。つまりコピーです。だからヨーロッパやアメリカに行くと、近代化の「オリジナル」に出会ったような気がしてしまいます。あちらがオリジナルで、ぼくたちはあくまでもコピーにすぎない、だからオリジナルに近づくようがんばらなくてはと感じてしまうわけです。また逆に、ヨーロッパがなんだ、日本のほうがすぐれていると反発を感じるときもあります。しかし、アジアの都市ではそのようなことを考えなくてすみます。なぜならば、アジアの都市はみなコピーだからです。

そしてそもそもよく考えてみると、重要なのは、模倣できないオリジナルの部分ではなく、むしろ世界のどこでも通用するコピー可能な部分のはずです。だからアジアの都市を並べてみると、どの部分がそれぞれの国のローカルな部分で、どの部分がどこでも通用するグローバルな部分なのかがよくわかります。台北に行きバンコクに行き東京に戻ってくると、同じショッピングモールでも同じところと違うところがわかり、グローバル化の意味を素直に考えることができます。

世界はいま急速に均質化しています。二〇世紀には、旅でまったく異なる他者、まったく異なる社会に出会うことが可能でした。けれども二一世紀には、世界中のほとんどのひとが、みな同じようなショッピングモールに行き、同じような服をまとい、同じような音楽を聴き、同じようなファストフードを食べる、そういう光景が現れると思います。加えて、世界中でネットが通じ、どこにいても祖国の友だちと母語でチャットができる。決して孤独にはならない。本書がバックパッカーの旅ではなく、観光の旅をモデルにしているのは、そのような変化を前提にしているからです。

この変化を批判するひともいます。たしかに、地方性や固有性がフラットに均《なら》され、世界中がマクドナルドとハリウッドに収斂《しゅうれん》していくのは退屈かもしれません。しかし、そもそも人間は、民族や歴史の差異にかかわらず、みな同じ身体をしている。となると、求めるものにそこまでバリエーションがあるわけでもない。その前提のうえで、商業施設や交通機関といったインフラのデザインが効率的なかたちに収斂していくのは、別に暴力でもなんでもなく、一種の

必然のように思います。

こういう議論をするとき、よく思い出す動画があります。YouTubeで公開されているBBCの番組「Hans Rosling's 200 Countries, 200 Years, 4 Minutes」というものです（画像）。この二世紀で世界の国々がいかに豊かに、そして健康になったのかを、わずか四分間でグラフとともに描き出すすぐれた動画です。この動画を見ると、いま、すごい勢いで、世界中のひとたちの生活水準が均質化されつつあることを実感できます。たとえそこで文化の多様性が失われるとしても、それはやはり歓迎すべき動きです。それは、アジアやアフリカの人々が、貧困や病気といった苦しみからいま急速に解放されつつあることを意味するからです。

世界の均質化が可能にする弱い絆

本書は検索と観光をテーマにしています。検索がグーグルをプラットフォームとしているように、観光はグローバル化をプラットフォームとしています。世界中に同じようなホテル、同じようなモール、同じようなチェーン店があるからこそ、ぼくたちは安心して観光ができます。

ひとはそれをコピーだらけの旅だと批判するかもしれません。しかしそれは偶然や出会いがないことは意味しません。検索が、検索ワードの入力によってそれぞれまったく異なる顔を見せるように、観光も、ツーリストの行動によってそれぞれまったく異なる顔を見せるからです。世界中が均質な時代になったからこそ、その均質さを利用してあちこちに行って、さまざまなひとに出会い、

「憐れみ」のネットワークを張りめぐらせるべきだと思います。

ネットの強みを活かすためには、弱いリアルを導入しなければならないと序文で書きました。同じように、グローバル化の強みは、観光客として無責任に「弱い絆」をあちこちに張りめぐらすことではじめて生きてくるのです。

コピーになることを怖れてはなりません。

7

老いに抵抗する

東京

この章で最終章です。最後に「老い」について考えたいと思います。

人生のリソースには限りがある

ぼくがここまで述べてきたのは、ひとことで言えば、身体こそが記号の「限界」を定めるということです。

だれでも似た経験をしたことがあると思いますが、長い仕事をしているとき、最終的に終わりを決めるのは体力です。もっと時間や手間をかければよくなる、けれども目や手が限界だからここで仕事を止める、みなそういう経験をしているはずです。

これは哲学的にも重要な問題で、まえに名前を挙げたデリダは、この問題について、コミュニケーションが止まるのはインクが足りなくなるからだ、と述べたことがあります（『有限責任会社』）。これはなかなか辛辣《しんらつ》な指摘です。コミュニケーションは、政治哲学者たちの理想とは異なり、合意や目標に達したから止まるのではない。参加者が疲れ、飽きるからこそ止まるというのです。実際、ネットの「論争」などを見ると、まさにそのような感じがします。

それはまた批評家という職業ではとくに強く感じる問題です。ぼくは批評家としてキャリアを始めたのですが、三〇代半ばからはあまりその肩書きを使わないようにしています。体力的に現役ではいられないと思ったからです。

二〇代のころは、アニメを一クール（一三話）ぶっ通しで見る、二日徹夜でゲームをやる、ある作家の本を二〇冊まとめて買ってきてずっと読む、ということが可能でした。批評家の感性はじつはそういう「量的な訓練」でこそ培われます。とくにサブカルチャーはそうです。けれど、三〇代半ばからそういうことができなくなりました。とくに子どもができたことが決定的でした。子どもができたのはとても幸せなことですが、やはり仕事の効率は落ちます。

そこらあたりから、人生のリソースには限りがあって、ずっと最先端の情報を取り続けるのは無理なんだな、と思うようになりました。単に体力勝負ではない、別の方法での記号の拡げかたはないのかと考えるようになりました。

年齢的には早いですが、それは「老い」について考え始めたということでもあります。広大なネットをまえにしていても、年齢を重ねると、情報収集のフィルターが目詰まりを起こし、新たな検索ワードを思いつかなくなる。ときどきフィルターの掃除をやらねばなりません。

そこでぼくは、本を読んだりアニメを見たりする代わりに、休暇では外国に行くようにライフスタイルを変えました。本書はその結果生まれたものです。

ネットは体力勝負の消耗戦

いまはソーシャルメディアの時代と言われます。そこでは他人の評価が富に変わると言われます。評論家の岡田斗司夫さんは、そんな社会を「評価経済社会」と呼び高く評価しています。

しかし、そこでの評価とは、サイトのページビューやツイッターのリツイートやフェイスブックの「いいね！」の数のことです。そして、その数を増やすのは、純粋に体力勝負のところがあります。むろん、投稿者がなにも努力しなくても、自然と大きな注目を集める事例もあります。しかし、たいていの場合は、露出の数が多ければ多いほど確実に注目度は上がります。ツイッターにしてもフェイスブックにしてもメルマガにしても、更新の頻度が高ければ高いほど読者は増えるし、評価も高まります。

その行き着くさきはたいへん悲しい世界です。ぼくはいまゲンロンという小さな会社を経営しています。会社の売り上げを伸ばすためには、じつは、ぼくが、ずっとネットに張り付き、ブログを更新しツイッターをやり続けるのが効率的です。実際、同じような理由で、ネット系の言論人たちは、みなできるだけ長い時間ネットに張り付き、できるだけコンテンツを小出しにして発信するようになっています。メルマガの購読者数やダウンロード数を上げるため、必死にツイートを繰り返し、ニコ生で宣伝を繰り返すそのすがたを見ると――ぼくもそのひとりではあるのですが――、アメリカ生まれのソーシャルメディアが日本ではじつに古くさい「どぶ板選挙」に変わってしまったように思い、憂鬱なきもちになります。そこで行われているのは、新しいコンテンツ発信でもなんでもない、純粋な体力の消耗戦です。

本当に新しいコンテンツ、本当にすばらしいコンテンツは、決してそのような消耗戦からは出てきません。「いまここ」の売り上げを最大にしようとすると、ひとはすぐ体力勝負に巻き込まれます。それは、序文の言葉で言えば、「強い絆」のなかにがちがちに囚われている状態です。そこから離れ、異なったゆるやかに流れる時間のなかに身を置くために、旅が必要なのです。

「弱さ」こそが強い

強い絆は計画性の世界です。だから計算高い、慎重なひとは、強い絆をどんどん強めることを望みます。いま自分が置かれた環境のなかで、統計的に考えて最適なパフォーマンスを出そうと努力します。ビジネス書やライフプランのマニュアルには、その方法がたくさん書いてあります。

けれども、そもそも人生がいつまで続くのか。保証はありません。そして、人生はいちどきりだから、平均寿命がどうあろうが、本来は八〇歳まで生きるはずだろうが、自分が死んだら終わりです。そのとき、統計に基づいた計画に従い、リスクヘッジをすることが本当に正しいのでしょうか。

統計からわかることとは、もし何回も何回も人生を生きることができるとしたら、**確率的に**その選択がもっとも利益が大きいよ、という話でしかありません。一回かぎりの「この人生」については、統計はなにも教えてくれないのです。標準とは統計の操作によって現れるものでしかなく、本当はそのとおりの人生を生きているひとなどひとりもいません。だれでも人生は事故や病気など予想外のトラブルに満ちている。何歳に結婚して何歳で貯蓄いくらで何歳で子ども作って……と計算していても、そんなプランはちょっとの偶然ですぐ吹き飛んでしまうのです。

他方で弱い絆は偶然性の世界です。人生は偶然でできています。それを象徴するのが子どもです。

この本でもいくどか触れたように、ぼくには小学生のひとり娘がいます。それなりにかわいくて、ぼくとしては大満足なのですが、彼女が「この娘」であることは偶然でしかありません。彼女はぼくが三四歳のときに生まれましたが、二〇代に作っていたら、それは当然別の子どもだったはずです。いや、それどころか、子どもは基本的に精子と卵子の偶然の組み合わせでしかないので、もしいまタイムマシンで時間を遡《さかのぼ》り、同じ日のまったく同じ時間に同じ妻と同じ行為を繰り返すことができたとしても、生まれてくる子どもは遺伝子的に別人になってしまう可能性が高いのです。そして、もし娘がいまの娘ではなく、まったく違った人間だったら、いまのぼくの生活はまったく異なったものになっていたことでしょう。

人生のほとんどは、かくも危うい偶然のうえに成立しています。親子関係は、人間関係のなかでもっとも強いものですが、しかしそれは序文の分類で言えば「弱い絆」の最たるものなのです。

偶然と必然の関係。「この一回の人生」と統計の関係。それがぼくの哲学のテーマであり、また本書の基底にある問題意識です。

本書で「新しい検索ワードを探せ」という表現で繰り返しているのは、要は「統計的な最適とか考えないで偶然に身を曝せ」というメッセージです。最適なパッケージを吟味したうえで選ぶ人生、それは、ネット書店のリコメンデーションにしたがって本を買い続ける行為です。外れはないかもしれませんが、出会いもありません。リアル書店でなんとなく目についたから買う、そういう偶然性に身を曝したほうがよほど読書経験は豊かになります。

偶然でやってきたたったひとりの「この娘」を愛すること。**その「弱さ」こそが強い絆よりも強いものなのだ**と気づいたとき、ぼくは、ネットで情報を収集し続ける批評家であることをやめて、旅に出るようになったのでした。

同じ世界のなかで、同じ言葉ばかり検索していて、そしてそれなりに幸せでも、ぼくたちは絶対に老いる。体力がなくなる。それに抵抗することができるのは、弱い絆との出会いだけなのです。

8

ボーナストラック

観光客の五つの心得

1．無責任を怖れない。

日本人は、会社や町内会など、自分が所属している狭いコミュニティの人間関係を大切にしすぎていると思います。人間関係は少しおろそかにするぐらいがちょうどいい。

作家の平野啓一郎さんが「分人化」という概念を提唱しています。一貫した個人であることをやめて、それぞれのコミュニティに最適化した「分人」になろうという呼びかけです。親のまえ、子どものまえ、会社の同僚のまえ、趣味の仲間のまえ、ネットの仲間のまえ……それぞれで、違う人間でもいいじゃないかというわけですね。

平野さんはこの提案を、人々の「村」へのこだわりを軽くするために行っています。その思いは共有するのですが、このアイデアには同意できない。分人化というのは、複数の村と関係をもつのであれば、名前を使い分けてそれぞれの村の「村人」にきっちりなっていこうという発想です。しかし、あっちではこのキャラで、こっちでは別のキャラで……という立ち回りは、いっけん賢いようですが体力をひどく消耗します。それこそ窮屈な生きかたです。

本文で述べたように、ぼくが推奨するのはむしろ観光客でいることです。所属するコミュニティがたくさんあるのはいいことです。ただ、そのすべてにきちんと人格を合わせる必要はない。話も全部は理解する必要はない。一種の観光客、「お客さん」になって、複数のコミュニティを適度な距離を保ちつつ渡り歩いていくのが、もっとも賢い生きかただと思います。

言い換えれば、あるていど無責任になろうということ。どこかのコミュニティに所属するたびに、そこで村人としてきっちり責任を果たしていこうと考えたら、できることは限られてしまいます。ある場所では村人でも、別の場所では無責任な観光客だからこそできることがある。そう考えてほしい。

日本人はとにかく村人が好きです。正社員が好き。ウチとソトを分けて、ウチで連帯するのが好き。

そんな息苦しい環境は無視し、観光客であることを誇りに思いましょう。

2. 偶然に身をゆだねる。

　これは本文のなかでなんども言いました。ネットは人々の所属を固定化します。ネットに依存していると、自分の似姿ばかりに囲まれて、弱い絆を摑む機会を失い、人生を豊かにする機会を失う。対抗するには、リアルで予想外のことをするほかありません。

　そもそも人間は近くにいるひとのことも知らないものです。二〇一四年の四月、モスクワに出張に行きました。なにもお土産がなかったので、空港で娘にマトリョーシカ人形を買いました。一〇個ぐらい入っているものです。

　帰国して娘に渡したら、妻のほうが思いのほか喜びました。なんでも彼女はマトリョーシカがむかしから大好きとのこと。妻と結婚して一五年が経つのですが、彼女がマトリョーシカが好きだなんて知りませんでした。日本にいるときは夫婦でマトリョーシカの話なんてする機会もないから、当然と言えば当然です。環境を変えないと検索ワードが固定化し、出会うはずの出会いも起こらないという好例ですね。

偶然に身をゆだねる。そのことで情報の固定化を乗り越える。

旅に出たときは、ふだんだったら絶対に買わない、わけのわからないお土産をどしどし買いましょう。

3・成功とか失敗とか考えない。

これは最終章で語りました。人生はいちどきり。何度も繰り返せるわけじゃない。だから統計には惑わされず、偶然の連鎖を肯定し、悔いなく生きようというのがぼくのメッセージです。

少しだけ補足しておきます。本書の読者に受験生がいるとして、進路相談では、将来のことをいろいろ考えて大学を選べと言われると思います。ネットを見ても、職業を選ぶにあたってはちゃんと生涯年収を考えようとか、結婚するとこれくらい金がかかるとか、いろいろアドバイスが書かれています。

結論から言えば、**そのようなアドバイスには囚われなくていいと思います。**

数年単位の計画は必要です。けれど、一〇年後、二〇年後を想定した人生計画は、基本的に意味がありません。進学した大学は教師が最悪かもしれないし、就職した会社は潰れるかもしれないし、結婚相手は病気になるかもしれない。人生なにが起こるかわかりません。そのとき、がちがちに計画を作っていると、逆に新しい可能性に対応できません。むしろ重要なのは、新たな局面が訪れたときに、それまでやってきたことにこだわらず、未来に向かって頭を切り換えることができる柔軟性だと思います。

思いつきで行動して、それで失敗したらどうするんだと心配するひとがいるかもしれません。

しかし、人生において「失敗」とはなんでしょう。事業の失敗、投資の失敗、結婚の失敗という個別例はあると思います。けれどもその失敗はつぎの局面の出発点になるかもしれない。人生そのものには失敗なんてないのです。だって、その成否を測る基準はどこにもないのですから。

観光ガイドを見て計画を立てるのはよし。けれど実際には計画は無視し、どんどんコースは変更しましょう！　そのほうが旅＝人生は楽しくなります。

4．ネットには接続しておく。

具体的な旅行の話も少ししておきます。

旅で必要なのはまずは語学。英語は最低限ですが、ほかの言葉もできたほうがいい。といっても、会話できるようになれとか文法を学べというつもりはなく、単にその国の言葉で必要な単語を**読める**ようになること。入口とか出口とかトイレとか。これがすごく大事ですね。

さらに欲を言えば、アジア圏を旅するときは、現地の文字もあるていど読めるようになるといい。アラビア文字とかデーバナーガリー文字とかです。そちらも完全に読める必要はありません。ただ、看板の最初の数文字が読めるだけでも意外と役立ちますし、文字がただの模様には見えなくなってくると、街の見えかたがぜんぜん違ってきます。

そしてとにかく必要なのはネットへの接続。それもホテルで無線LANでPC接続といったシケた話ではなく、データローミングをして、日本と同じモバイルなネット環境を維持することが大事です。グーグルマップがあれば街で迷うことはないし、演劇や飛行機のチケットの予約もできる。とにかくネットは便利です。

それになにより、旅先で新しい検索ワードを手に入れたとき、そこですぐ検索できることが意外と重要です。日本に帰ってからあらためて調べようなどと考えても、調べるはずがない。旅先ではいつもの自分ではなくなります。その「ちょっと違った自分」を日本では回復できない。現地では思いついたことをどんどん検索し、その場で見聞を拡げていきましょう。

観光地ではうつむいてスマホで検索すべし。

5. しかし無視する。

しかし!

しかし、ここで決定的に重要なのは、**ネットには接続すべきですが、日本の人間関係は切断すべき**ということです。

よく、旅先での写真をフェイスブックやツイッターにどしどし上げているひとがいます。きもちはわかりますが、あれでは旅の意味がない。旅先で新しい経験をすることよりも、日本にいる友だちに向けて情報発信することのほうが大事になってしまっている。本文で述べたように、旅で肝心なのは、日常とは異なる環境に自分の身を置き、ふだんの自分では思いもつかないことをやってしまうこと。フェイスブックやツイッターの視線を気にしているのでは、日常と変わりません。

ぼくは旅行中はほとんどツイッターをしません。また、メッセージの通知機能も切るようにしています。いまはスマホはカメラ代わりで時計代わりなので、旅行中も定期的に画面を見ます。そのたびに「〇〇さんからメッセージがあります」と通知が出ていると、これは台無しですよね。iPhoneなら「設定」で告知機能を限定しておくとよいです。音もなし、バイブもなし、アイコンバッジも出ないようにしておく。アイコンの横に数字が出たら、それだけで旅は台無しです。

さきほども述べたことですが、日本人はとにかく人間関係を重視しすぎです。それがネット時代になってますます加速している。

日本人の関係重視はむかしから変わりませんが、昭和の時代はそれでもひとはバラバラでした。いくら仲がいい同級生でも、いちど高校や大学を離れてしまったら、関係を維持するのがとてもむずかしかった。そしてそんな切断には効用もあった。人生の節目節目で、人間関係を刷新することができた。ところがいまやネットのせいでそうはいかない。小学校や中学校の同級生がいつまでもいつまでもフェイスブックやLINEのリストにあり続ける、というのがいまの現実でしょう。となると、あるていど意図的に関係を切る必要が出てきます。

ぼくたちはいま、ネットのおかげで、断ち切ったはずのものにいつまでも付きまとわれるようになっている。強い絆をどんどん強くするネットは、ぼくたちをそのなかに閉じ込める機能も果たす。旅はその絆を切断するチャンスです。

旅先ではメールが溜まります。留守番電話も溜まる。しかし、少しぐらい連絡が取れなくても、たいていは問題が起きないはずです。一五年ぐらいまえまでは、外国ではネット接続もままならず、海外旅行に出たら一週間は連絡が取れないというのがふつうだった。それでも世のなかは回っていた。裏返せば、一週間連絡が取れない場合でもまわりが困らないように、いろいろと手を回す知恵があり配慮があった。そういうきもちを取り戻す必要があります。即レスがつねに誠実さの証なわけではないのです。

ネットには接続するけれど、人間関係は切断する。グーグルには接続するけれど、ソーシャルネットワークサービスは切断する。それは、ネットを、強い絆をさらに強める場ではなく、弱い絆がランダムに発生する場に生まれ変わらせるということでもあります。

友人に囚われるな。

人間関係を（必要以上に）大切にするな。

なんかとんでもない結論に見えますが、ソーシャルネット時代にひとが自由であるためには、これは大切な心得だと思います。

9

おわりに

旅とイメージ

序文で記したように、本書は、二〇一二年から二〇一三年にかけて、幻冬舎のPR誌に連載していた語りおろしを再構成したものです。

本文でもたびたび触れているように、その連載期間はちょうど、「福島第一原発観光地化計画」を企画し、福島やチェルノブイリへの取材を重ね、書籍の出版に至る期間に重なっています。そのため、本書は、同計画の裏にある思想を語るかのような本にもなりました。

そこで、最後もその計画にひとこと触れておこうと思います。

二〇一四年の三月一一日、ジャーナリストの津田大介さんと一緒に、原発事故被災地からのネットとラジオの生中継に出演しました。

そこで述べたのは、「福島」という地名の曖昧さの問題です。出演直前に、政府が東北の被災三県に復興祈念施設を建設する方針だという報道がありました。岩手県は陸前高田市に、宮城県は石巻市に作るそうです。ところが福島県についてのみ建設地が未定でした。

ここには大きな問題が隠れています。陸前高田市や石巻市には、津波で壊滅的被害を受けた代表的な都市という社会的なコンセンサスがあります。みなさんも両地域の映像はなんどもご覧になっていると思います。けれども福島「県」は、会津と中通りと浜通りという三つの地域からなっており、それぞれ被災の質が違います。とくに会津は原発事故ではほとんど被災していません。

同じ福島といっても、放射能の影響で半永久的に自宅に戻れそうもないひとたちと、逆に実際には放射能はほとんど降っていないのに風評被害で苦しめられているひとでは、状況はまったく異なります。当然、原発への考えかたも異なります。裏返せば、福島県の被災全体を代表する場所は存在しません。だから祈念施設の場所も決められないのです。

ではどうすればいいか。ぼくはこの点については、原発周辺の旧警戒区域の町村が、福島とは別の、新しい名前でまとまるのがよいという考えをもっています。本書の言葉で言えば、**原発被災地をずばり名指す新しい検索ワードを作る**ということです。

ラジオでは、その思いを、被災地は「顔」を取り戻さなければならないという言いかたで表現しました。

ぼくがこの三年、福島を訪れるなかで感じたのは、原発被災地をひとまとめに「フクシマ」や「旧警戒区域」といった言葉で呼ぶのではなく、それぞれ固有の歴史と文脈をもった地名で呼ばなければならない、それが本当の復興に繋がるのだということです。思えば「警戒区域」という言葉はひどく官僚的です。そこには3・11以前の歴史がまったくない。原発被災地にも、陸前高田や石巻と並ぶ長い歴史があったはずなのに、いまはそれが見えない状況になっています。

では、具体的にどのような検索ワードを作ればよいのか。じつは原発被災地には、ひとまとまりの自治体がありません。双葉町、大熊町、浪江町、広野町……と小さな自治体がひしめいていて、それがまた外部からは状況がわかりにくい理由になっています。読者のみなさんも、原発被災地がどこかと問われて、ぱっと地名を答えられるひとは少ないと思います。

ところがいまそこで、町村合併をし、大きな「双葉市」を作ろうという運動を始めている現地のNPO法人のかたがいます。先日そのかたにもお会いしてきたのですが、ぼくはこの動きに大賛成です。もし「フクシマ」や「旧警戒区域」が「双葉」に変わり、人々がこの地名で検索をし、被災者の方々がその名のもとに声を発し始めたら、その瞬間、原発被災地には、同じ福島でも中通りの福島市や郡山市とはまったく違う問題があるのだと、そしてそれこそがいちばんむずかしい問題なのだと多くのひとが気づくと思うのです。ものごとをどのような言葉で名指すのか、それは単なる記号の問題のように見えて、むしろそれこそが現実を変えることがあります。

福島という地名は、検索には大きすぎます。よくネットでは「福島の人々のきもちを考えろ!」なんて書き込みを見ますが、ではそこで彼らが言うのは「どこの」福島のひとのことなのか。会津と中通りと浜通りでは、ぜんぜん利害が違うはずなのです。原発被災地が本来の「顔」を、つまり検索ワードを取り戻すことで、はじめて真の復興が始まることでしょう。

ひととひとがわかりあうのはむずかしい。ひとは最初はほんの少しのことしかわからない。ひとは検索ワードを通してしか、あなたの「顔」を発見することができない。

だからこそ、ぼくたちはつねに新しい検索ワードを必要としています。ひとつ新しい検索ワードを発見することは、ひとつ新たな「顔」を発見することです。福島第一原発観光地化計画もまた、検索ワードを探す旅でした。

現実を知る。
でもそれは記号を離れることではありません。
現実に戻ることではありません。
戻る現実などはありません。
わたしたちは記号しか知らない。
だから記号を旅するためにこそ、現実を旅する。

コピーを豊かにするためにこそ、オリジナルを知る。

強い絆をより強くするためにこそ、弱い絆に身を曝す。

本書はそんな逆説を訴えるために書かれた本です。

本書の逆説がみなさんの人生を少しでも豊かにしてくれれば、著者として嬉しく思います。

二〇一四年六月六日　東浩紀

哲学とは一種の観光である

紀伊國屋じんぶん大賞に選ばれたとの報を聞き、光栄に思っています。

本書でぼくが訴えたかったのは、ひとことで言えば、「哲学とは一種の観光である」ということです。観光客は無責任にさまざまなところに出かけます。好奇心に導かれ、生半可な知識を手に入れ、好き勝手なことを言っては去っていきます。哲学者はそのような観光客に似ています。哲学に専門知はありません。哲学はどのジャンルにも属しません。それは、さまざまな専門をもつ人々に対して、常識外の視点からぎょっとするような視点を一瞬なげかける、そのような不思議な営みです。ソクラテスの対話編には、哲学のそんな本質がすでに明確に刻まれています。

しかし、そのような観光客的な知のありかたは、現実の観光産業の隆盛とは対照的に、いまの日本ではもっとも蔑まれ、憎まれるものになってしまっています。メディアは専門家に支配されています。そして大衆はつねに答えを求めています。日本をよくするにはどうすればいいのか、いつ結婚しいつ子どもをつくればいいのか、格差社会で生き抜くにはいくら貯金すればいいのか、無数の専門家が無数の答えを提供しています。けれどそのような答えに疑問を投げかけ、立ち止まらせる言説は必要とされない。ぼくとしては、この本では、そんな風潮に小さな一石を投じたつもりでした。

本書は、哲学や思想にまったく親しみのない一般読者に向けた、一種の啓蒙書というか自己啓発書です。気軽に、観光ガイドのように読める本です。この受賞をきっかけに、より広い読者が手にとってくれることを望んでいます。

哲学は役に立つものではありません。哲学はなにも答えを与えてくれません。哲学は、みなさんの人生を少しも豊かにしてくれないし、この社会も少しもよくはしてくれない。そうではなく、哲学は、答えを追い求める日常から、ぼくたちを少しだけ自由にしてくれるものなのです。観光の旅がそうであるように。

（「紀伊國屋じんぶん大賞２０１５」大賞「受賞コメント」）

文庫版あとがき

本書は、二〇一四年に出した単行本の文庫化です。内容はいっさい変えていません。この本は、嬉しいことに、刊行年度の紀伊國屋じんぶん大賞をいただきました。読者のみなさんの投票で決まる賞です。多くの読者におもしろく読んでいただけたことを、著者として幸せに思っています。

ぼくの専門は、哲学や思想や批評といった、いささか小難しいタイプの文系の議論です。けれども、単行本時のまえがきにも記したとおり、この本は、それらの知識がまったくないひとでも読めるように作りました。文庫化をきっかけに、ますます多くの読者に届くことを祈っています。

ぼくはこの本では、世界を見るときに、「観光客」の立場を取ることとの重要性を語りました。ぼくがそのようなことをことさら訴えた理由は、いま世間では、「当事者」の言葉があまりにも万能になっていると思われたからです。

当事者という言葉は、この一〇年ほどで急速に普及しました。中西正司さんと上野千鶴子さんの共著『当事者主権』（岩波新書）が出版されたのが、二〇〇三年のことです。ジェンダーやマイノリティや障害者の問題は、かつては「専門家」が「上から目線」で語るものでしたが、いまでは当事者の声がなにより も尊重されるように変わってきています。政治や報道の場でも、いま問題に巻き込まれているひと、いま解決を必要としているひとの意見が、多く紹介されるように変わってきました。背景にはネットの普及も影響していることでしょう。ぼくもむろん、この動き自体はよいことだと考えます。

けれども、その動きが進みすぎて、当事者の言葉「だけ」が尊重されるようになるとすると、それもまた問題です。なぜならば、ものごとの解決には、第三者の、つまり当事者以外の視点が必要なことが多いからです。

本来は、そのような視点こそが「理念」と呼ばれるものです。理念は、よい意味でも悪い意味でも、個別の利害からあるていど離れているからこそ、理念になりえます。みなが、おれが当事者だ、まずはおれの話を聞け、おれのほうが抑圧されているんだと叫び合う状態では、議論は成立せず、政治は利害調整しかやることがなくなってしまうことでしょう。実際、この国でも、ひとむかしまえは批評家とか知識人とか言われるひとがたくさんいて、日本の未来や世界の行方などについて侃々諤々《かんかんがくがく》の議論をしていました。けれども、最近はそんな光景はめっきり見なくなってしまいました。それどころか、若いひとたちは、なんの根拠もなく、そのような抽象的な議論の伝統そのものを軽蔑し拒絶しています。ぼくは、この本を、そのような現状に抗《あらが》うために出版しました。

観光客は、当事者とは対照的な立場を表す言葉です。当事者の言葉イコール正義の言葉だと思われているいまの日本では、本書の主張は、とても奇異に映るかもしれません。でも、ぼくは、それがいま必要なことだと思ったのです。

冒頭で記したように、ぼくはこの本を、哲学や批評の知識がまったくないひとでも読めるように記しました。政治的なことも、ほとんど書きませんでした。けれどもそれは、本書の内容が、時代に媚《こ》びたものであることは意味していません。本書はむしろ、とても反時代的な本です。

いま日本は、否、世界は、さまざまな問題を抱えています。そのなかで、みなが、おれが弱者だ、おれが被害者だ、おれこそが差別されているのだと、終わりのない「当事者間競争」を仕掛け始めているように思います。声をあげているのは、もはやマイノリティだけではありません。日本でもアメリカでもヨーロッパでも、いまやマジョリティこそが最大の弱者であり、被害者なのだといった倒錯的論理が急速に力をもち始めています。当事者間競争は排外主義につながります。本書でぼくは、幼いこどもを連れてじつにあちこちに「観光」に出かけていますが、そのようなことは徐々に難しくなっていくのかもしれません。

観光客がいるのは、いい世界です。観光客の視点こそが、当事者たちの不毛な闘いをあるていど抑止するはずだと信じて、この本を送り出します。

二〇一六年六月三日

東浩紀

解説——観光者にとって倫理とは何か

杉田俊介

本書は、これ以上ないほど、わかりやすい言葉で書かれている。べつにもう解説なんていらないのではないか、と思えるほどに。けれども、そのわかりやすさの中には、じつは、著者である東浩紀氏に固有の、ある実存的なわかりにくさ（たんに難解なのではなく、可能な限りのわかりやすさの先になお生じるわかりにくさ）もまた胚胎されているのではないか。そんな気がする。

月並みな言い方だけれども、そもそも、一冊の本を読むとは、あなたの常日頃の思考回路とは異なる他者の思考や感情（の一部）に出会ってみること、知らない土地や町を歩き回るように、〈観光としての読書〉を経験し、それを存分に味わってみることでもあるだろう。そんなわけで、蛇足としか思えないかもしれないこの「解説」にも、どうか、しばらくのあいだ、付きあってほしい。旅先の薄暗い裏通りを、気ままに、ぶらぶら遊歩するようにして。

ひとまず、本書の基本的な論点は、二つある。ネットと観光だ。東氏はこの本をわざと「自己啓発本のように」書いた、という。実際に本書は、東氏の本としても、とても売れたそうである。東氏はこれまでにも、深く哲学すること＋広く売ることの両立を目指してきた。しかし、本書の内容は、いわゆる自己啓発本ともずいぶん異なる。

自己啓発（成功哲学）とは、一般に、次のようなものだ。資本主義的な経済を肯定し、お金や能力をうまく蓄積するための、ポジティヴな考え方と信念を人々に与える。そのために、次のように教え諭すのだ。個人の力では社会や他人は変えられない、だから、無駄な努力はやめて、あなた自身の考え方や生活習慣をまず変えるべきだ、と。

これに対し、本書の東氏は、次のように提案する。社会を変えるのでも、たんに自己を変えるのでもない。そうではなく、今のあなたが属する環境や場所から移動して、今とは異なる思考回路や生き方を手に入れよ、と。それはつまり、社会変革の道でも自己啓発の道でもなく、それらを同時に脱構築し、第三の道を提案することである。具体的にはどういうことだろうか。

たとえば本書は「ネットは階級を固定する道具です」という不意打ちのような言葉からはじまる。情報技術は日々進歩していく。その結果、私たちは自由な意志でネットを利用し、好きなワードを検索しているつもりが、じつは、すでにネットによって意志を先回りされ、欲望を環境によって枠づけられてしまっている。そうしたネット環境のもとでは、やがて、自分の人生全体が「環境から統計的に予測されるだけ」のものにすぎない、と感じられてくる。

しかし、自分が今属する環境を変えれば、もしかしたら、ネット検索という行為そのものの意味が変わってくるのではないか。東氏はそう提案する。たとえこの私の脳の回路そのものは変えられなくても、違う場所に行けば、情報のインプットや思考の連想が変わって、アウトプットも自ずと変わってくるだろう。素朴に考えても、旅先の風景や人々との出会いに触発されて、新しい感情やアイディアが湧いてくる。そういう経験は、よくあることだ。国内外の色々な観光地へと出かけて、あなたの身体と欲望を積極的にべつの環境へと曝《さら》していくということ。そうしたよくある経験の中には、じつは、極めて重要な「哲学」（知を愛すること）の種子が宿っているのではないか。

念のためにいえば、本書は、ネット的なものの未来を悲観しているわけでもないし、場所の移動や観光を手放しで礼賛しているわけでもない。大切なのは、ネット的なものと観光的なものが交わるところから、両者の可能性を拡張し、同時更新していくことなのだ。それはじつに東氏らしい知のあり方であると言える。

それでは、私たちが積極的に「観光客」になっていくとは、どういうことか。観光客は、以下の二つから区別される。すなわち、村人と旅人と。一方で、村人型の人間とは、一つの共同体の内部にとどまり、現にある人間関係を大切にし、成功していくタイプ。他方で、旅人型の人間とは、一箇所にはとどまらず、次々と場所を変えて、広い世界を見聞し、成功していくタイプ。

これに対し、観光客になるとは、そのいずれでもなく、村人的な定住と旅人的な移動の間を往還しながら、自らの欲望を、観光先の偶然の出会いやノイズへと積極的に曝して、書き換えていくような生き方である、という。

観光客たちは、確かに、特定の場所や問題に対して、全面的に没入し、コミットすることはない。いや、その性質からして、コミットできない。つまり、「当事者」や「支援者」にはなれないのだ。その意味では、観光する者たちは、つねに「軽薄」で「無責任」な存在たらざるをえない。しかし「軽薄」で「無責任」であるからこそ、彼らの存在は、新しいタイプの自由や倫理の可能性へも開かれているのかもしれない――そしてその場合、鍵になるのは、他者に対する「憐れみ」の情である、と東氏は言う。しかし、いっけん「軽薄」で「無責任」な観光客たちの中に、他者たちに対する独特の憐れみが宿っていくとは、どういうことなのか。ここで東氏は、私たちにとってもなじみ深い観光というありふれた行為を、脱構築しようとしている。

＊

本書の内容を、これまでの東氏の批評家／思想家としての仕事の中に、少しつなぎ合わせてみることにしよう。そこから見えてくるものがあるはずだ。

そもそも、東氏はごく若い頃から、ユニークな倫理の人だった、と私は考えている。確かに東氏は、左派的な厳格な道徳重視の考え方や、リベラル陣営の優等生的な発言を嫌忌してきた。というか、それらの発言に退屈してきたように見える。では東氏は、人間の倫理を丸ごと否定しているのだろうか。ここは誤解されやすいところだが、そうは思えない。

たとえば東氏は、二〇歳の時に初稿を書いた「ソルジェニーツィン試論――確率の手触り」（一九九二／一九九三年）の中で、次のように述べていた。「『収容所群島』を読めば分かるように、ソルジェニーツィンの、そして当時生きていた人々の経験は、いわば「解消不能」なものである。逮捕されるかされないか、一〇年の刑か二五年の刑かもしくは銃殺か、どこに何の罪でいつ送られるのか、すべてはほぼ確率的に決められる。彼らは、ただ徹底的に受け身であるだけではない。そこでは、自らの運命について理由を問いただすことが、無意味なことになってしまっている」（傍点原文）。

あらゆる物事が確率化し、真と偽、善と悪の違いが決定不能になってしまった。そうした世界の中では、何が真実で何が正しいのかを、誰にも決められない。東氏が言おうとしているのは、よく読んでみれば、どうやら、そういうことではない。つまり、たんなる相対主義やシニシズムが述べられているのではない。

むしろ、全てが決定不能になって相対化されてしまうような環境の中で、なぜ、まだ、堕落しない「人間」が存在するのか。倫理的な「人間」が「いる」のか。そのような驚きが、東氏の思索の出発点にはあった。東氏のこうした問いかけは、今もなお、新鮮なものに感じられる。それならば、私たちは、確率的な無意味さや冷笑の嵐が吹きまくる中で、どうすれば、なお「人間」らしく生きていけるのか、と。そしてこうした問いは、その後も、『存在論的、郵便的』（一九九八年）や『動物化するポストモダン』（二〇〇一年）等の理論的な著作へと受け継がれ、変奏されてきた。

私はかつて「東浩紀論――楽しむべき批評」（「新潮」二〇一四年一一月号）を書くさいに、東氏のテクストをまとめて読み返して、東氏の問いが執拗なまでに一貫したものであることに、驚いたことがある。若い頃から同じことばかり考えている、という話ではない。東氏の中には、一つのわかりにくい「問い」があって、何をどう考え、新しい現実や出来事にどう向き合おうと、東氏の思考は、必然的にその原点へと立ち戻ってきてしまう。そうした正面から見つめることも眼を逸《そ》らすこともできない「問い」こそが、一人の人間の思考を熟成させて、やがて本物の思想家たらしめていくのかもしれない。そんなことを思ったのである。

さて、東氏の倫理には、ユニークな位相がある、と言った。それはたえず自分の足元を疑っていくような、内省的な倫理（汝、自分を知れ）とは異なる。かといって、たんに動物的な欲望に身を委ねればいい、という快楽主義でもない。それはおそらく、人生をつねに自由な方へと開いていけ、世界の偶然性に身を委ねて楽しめ、というタイプの倫理である。「他者の人格を君の人格と同じように尊重せよ」というカントの人格的な倫理でもなく、「最大多数の人間が最大幸福になるように行動せよ」という功利主義者たちの行動的な倫理でもない。あなたが今属しているその環境を疑い、そこから身を引き剝がして、偶然的なこの世界をもっと自由に楽しめないか、たとえ無責任でふまじめにみえても、他者たちと共にこの世界をもっと楽しいものにしていけないか、というタイプの倫理——それはいわば「賭け＝遊び」としての倫理、のようなものである。

もちろんそれは、確率や偶然を、気ままな遊び人のように都合よく弄《もてあそ》ぶことではない。そもそも、この世界が私たちに強いる確率や偶然とは、限りなく残酷で、怖《おそ》ろしいものだから。実際に東氏は、ラーゲリやアウシュヴィッツのような過酷な極限状況と、現代日本のポストモダンな消費空間とをパッチワーク状に重ねながら、そうした賭け＝遊びとしての倫理の可能性を、ぎりぎりの形で思索し続けてきたのである。本書『弱いつながり』の観光論も、疑いなく、それらの思索の延長上にあるものだ。

簡単にいえば、東氏が粘り強く戦ってきたものは、「何をやっても無意味になってしまう」「全てがつまらなく感じられる」という根深い諦めやシニシズムであり、圧倒的な風化＝相対化の感覚だったのではないか。私には、そう思える。とすれば、東氏にとって、批評という営みは、そのまま、「すべての人間的な感動が原則的に無意味である場所」（ソルジェニーツィン試論）に対する戦いでもあったのだろう。

たとえばあの強制収容所の中にすら、生きることとの喜びがあり、笑いがあり、楽しさがあったとするならば、どうだろうか。いや、数々のサバイバーたちが証言しているように、実際に、それらの喜びや笑いはあったのだ。だとしたら、私たちもまた、確率的な暴力や無意味さが吹きあれるポストモダンな社会の中でも、生を心底楽しみ、他者たちと喜びを分かち合っていくことができるはずだ。新しい「人間」になることができるはずだ。

この世界が無慈悲に残酷に強いてくる様々な確率的な暴力たち（階級、国家、学校、地縁、何より家族）を、その可能性の中心において、偶然的な遊びや戯れへと、生の偶然性を根源的に〈肯定〉するための力へと書き換えていくこと——。

こうしたクリティカルな課題は、見かけは限りなくライトで、自己啓発的な文体によって書かれている本書の中へも、確実に流れこんでいる。

そもそも本書は、二〇一一年の東日本大震災と原発公害事故の「後」（ポスト）の、切迫した空気の中で書き継がれたのだった。そして「震災後」の東氏は、次のような一見過激でスキャンダラスな「観光」の形を提案してきた――チェルノブイリをもっと楽しめ、福島第一原発を観光地化せよ、と。繰り返すけれども、これもたんなる他人事《ひとごと》ではないのである。東氏は、それらの場所に対して観光客として「軽薄」で「無責任」な人間でしかありえないからこそ、〈遊びとしての倫理〉の可能性を突きつめていこうとしたのである。軽薄さと自由さ、無責任と責任の間の曲りくねった裏路地を、遊びながら縫っていく子どもたちのように。

本書はわかりやすい。すごくわかりやすい。だからこそ私たちは、この本を安易に「わかったつもり」になって読み飛ばすのではなく、あらためて、「観光客としての読書」の喜びを享受するべきなのだ。

本書のタイトル「弱いつながり」（弱い紐帯《ちゅうたい》、ウィークタイ）とは、アメリカの社会学者マーク・グラノヴェターが提示した有名な概念である。東氏が紹介しているように、グラノヴェターは、ボストン郊外に住む三〇〇人弱の男性ホワイトカラーを調査し、職場の上司や親戚などの「強い紐帯」をきっかけに転職するよりも、たまたまパーティで知り合っただけのような「弱い紐帯」をきっかけにする方が、じつは、その人たちの転職後の満足度が高くなる、という結論を得た。

強い紐帯によって構築されるネットワークにおいては、人間関係は顔見知り同士になりがちだ。そして閉ざされた交際圏になってしまう。これに対し、一つの交際圏と別の交際圏を結びつけるブリッジになりうるのは、むしろ、弱い紐帯（偶然的で浅いつながり）の方なのである。弱い紐帯によってブリッジされた人々の人生は、つねに、複数の交際圏へと開かれている。したがって、様々な情報に常日頃から触れている可能性が高くなる。

こうしたグラノヴェターの論を参照しながら、東氏は、人生には強い紐帯と弱い紐帯の両方が同時に必要である、と言う。もちろん、強いつながりは、人生の基盤を作り、その人の人間性を深めていくために大切なものだ。しかし、それだけでは、生まれ付きの血縁や地縁などの「強い」交際関係に埋没してしまいかねない。これに対し、弱い絆＝つながりとは、エフェメラルで表層的な関係にすぎないのだが、だからこそ、かえって、「強い紐帯」以外の様々な偶然の出会いや情報やノイズへと開かれている。そしてそこにこそ、東氏は、現代的な倫理のあり方のアップデートをも見つめようとするのである。

この場合のポイントは、他者に対する憐れみ（欲望）を抱くには、特別な能力や才能はいらない、と東氏が考えているように見えることだ。いわゆる聖人や成功者になれるのは、限られた人間だけである。しかし、場所を移動することや観光行為によって、様々なノイズへと身を曝し、今の欲望を書き換え、色々な他者たちへ向けて自分の関心や欲望（愛）を拡張＝多元化していくことは、万人に開かれた道であり、誰にでもできるやり方であるはずだ。

おそらく、東氏の中には、人類の愚かさに対する、根深い失望や諦めがある。人類は大したことがない、と。そのことを、発言の節々から感じる。我々人間とは、気高い理念や目標をかかげながら、自らそれを裏切り、自滅していく生き物なのだ、実際に我々は歴史の中で、何度も何度も、強制収容所やジェノサイドの悲喜劇を繰り返してきたではないか、と。東氏は、そうした人間性と動物性、理性と欲望の間のどうしようもない乖離《かいり》＝ずれを、決して忘れることができない。

しかし、たとえどんなに愚かで無力でつまらない存在であっても（あるいは統計的に処理されて社会的排除や淘汰の対象になる存在であっても）、それでも、私たちは人生を楽しみ、精一杯生ききることはできるだろう。そして自分以外の他者や対象が存在することにほんのわずかでも関心や欲望を持ち続けられるならば、そこにあるものがどんなに偶然的で観光的な「弱いつながり」にすぎなくても、私たちはその他者や対象たちについて考え続けることができるし、憐れみ＝愛を抱き続けることができるだろう。それは過剰な道徳主義（当事者憑依《ひょうい》）ではない。あるいはたんなる動物的な利己主義（他者の放置）でもない。観光する人々の中には、他者や対象に対する「まじめかふまじめかわからない」ような「好奇心」（『ゲンロン1』「創刊にあたって」）があるのだ――おそらくそんな好奇心こそが、本来、哲学的な「愛」と呼ばれるものだったのだ。

本書における東氏の倫理＝愛は、たぶん、そんな形をしている。

＊

しかしここで、本書の7章には、奇妙なロジックのねじれが生じる。あたかもそれ自体が本書全体に対するノイズのように。そこを見つめてみたい。東氏はそこで、ネットと観光の話ではなく、ふいに、家族と子育てについて語りはじめるのだ。

しかも東氏は、さらに奇妙なことに、親と子の関係こそが、じつは、この世で最も「弱いつながり」である、と主張する。これは奇妙な言い方に思える。常識的には、親と子の関係は（よきにつけ悪しきにつけ）この世で最も強いつながりの一つである、と考えられている。しかし、東氏は、こう書くのだ。「親子関係は、人間関係のなかでもっとも強いものですが、（略）「弱い絆」の最たるものなのです」「偶然でやってきたたったひとりの「この娘」を愛すること。その「弱さ」こそが強い絆よりも強いものなのだ（略）」。

どういうことだろう。東氏にとって、はたして親子関係は強いのか弱いのか。必然的な絆なのか偶然的な関係にすぎないのか。謎めいている。

私たちの多くは、家族といえば、まずは血のつながった血縁家族をイメージするだろう。しかし、よく知られているように、日本型の「イエ」とは、必ずしも血縁家族ではなく、家の名前さえ存続するならば、子どもは養子でも構わなかった。しかも、これは過ぎ去った前近代的な封建遺制の話ではない。たとえば戦後日本のある時期においては、主に大企業を中心とする「会社」こそが、日本人の多くにとって、疑似家族的な「イエ」として強力に機能してきたのだから。

しかし今や、疑似家族としての会社も、共同体の地縁も、戦後的な家族も、あまりうまく機能していない。ゆえに東氏は言う。「いまの日本の問題は結局はそこに尽きている気がしますね。人々が集まって住むことが苦手な社会では、どんな郷土愛も育たないし、どんな福祉政策もうまく機能しない。日本再生のためには、まずは「集まって住むこと」の大切さから立て直していかなければいけない」（『戦争する国の道徳安保・沖縄・福島』）。

このように言うとき、近年の東氏が粘り強く探し求めているものは何か。おそらく、東氏自身にとっても、それはまだ明快な言葉や概念としては結晶化していないものらしい。ここではそれを、私なりに受け止めて、潜勢力としての〈カゾク〉というふうに呼んでおこう。

それは私たちが通常イメージするような血縁家族ではないし、日本型の「イエ」でもない。生物学的（保守的）な家族像でもないし、社会関係的（リベラル）な家族像でもない。哲学者のジャック・デリダは「来るべき民主主義」と述べたが、来るべき〈カゾク〉とは、いわば、偶然的で拡張的な関係の束であり、様々な「弱いつながり」たちが自由に行き交うプラットフォームのようなものなのだろう。そう考えてみれば、現在のゲンロンという場所もまた、潜勢力としての〈カゾク〉の一つの現れなのかもしれない（これは、逆にいえば、東氏にとっては、ふつうの意味での家族や「イエ」こそが、最も宿命的で厄介な呪縛であり、ほとんど強制収容所的な場所として意識されてきたのかもしれない、ということを暗示する）。

そうした来るべき〈カゾク〉において、私たちは、国家や共同体や家族などの息苦しく退屈な呪縛を超えて、「この私はこの私である」という固有名論的な宿命からすらも解き放たれていくのだろうか。そして、もはや人間でも動物でも幽霊でもキャラクターでもないような何ものか――もはや名前をすら必要としない無名的な何か――になっていくのだろうか。無数の他者や動物や幽霊やキャラクターたちと偶然的にすれ違い、楽しませ合いながら、喜びを交換していくのだろうか。それは「可能なるコミュニズム」（柄谷行人）のような強すぎる希望ではないが、たんなる現実逃避のためのアジール（避難所）でもないのだろう。未だにうまく言葉や概念にならない、ありうべき〈カゾク〉の形があるのだろう。ならば、あたかもそれ自体が観光地であるような〈カゾク〉とは、どんな場所でありうるのだろうか。まだわからない。わからないのだけれども——。

このことは、反対側からも考えられるのかもしれない。つまり、世界中の様々な旅先や観光地において、そこに住む人々や土地たちと（血縁関係や日本的な疑似家族ではなく）〈カゾク〉的な弱いつながりを結び合っていくとは、どういうことなのだろうか、と。いや、それればかりか、もしかしたら、私たちは、退屈で見慣れたそれぞれのこの日常をも、無数の弱いノイズや幽霊たちによって満たされた観光地のような場所として、もう一度見つめ直していけるのだろうか。ありふれたこの日常を、無数の戯れや遊びが飛び交う環境として再発見できるのだろうか。

かつて『オリエンタリズム』のエドワード・サイードは、故郷を甘美に思う者はまだくちばしの黄色い未熟者である、あらゆる場所を故郷と感じられる者はすでにかなりの力を蓄えている、しかし、全世界を異郷と考えられる人間こそが完璧な人間である、という一二世紀のスコラ哲学者フーゴーの言葉を引用（アウエルバッハの著作から孫引き）したが、これにならえば、たとえそこがどんなに悲惨で残酷で悲劇的な場所であっても、この世界中をあたかも観光地のようにして楽しめる人間こそが、現代的な哲学者（知を愛する者）である、と言えるのかもしれない。

そのとき私たちは、親密で共感しやすい隣人ばかりではなく、様々な異質な他者や動物やキャラクターたちに対してすら、倫理的な憐れみや好奇心を抱いて、「弱いつながり」をさらに楽しんでいけるのではないか。

人はそのとき、たんに無責任なお客様や消費者としての観光客ではなく、観光者になっていくのではないか。

たとえば私は、少し前に、家族で八重山諸島（石垣島や竹富島、西表島など）へ観光に行ったのだが、そのとき、次のようなことをぼんやりと考えた。

観光地にやって来ると、その土地の政治や歴史を無視して、娯楽やリゾートだけを消費して、上澄みをかすめとるだけでいいのだろうか、という躊躇《ためら》いや戸惑いを誰でも少しは覚えるものだろう。特に私の場合、Facebookをみると、私たちの家族旅行と同じ時期に、米軍普天間飛行場の名護市辺野古への移設をめぐって、沖縄本島での反対活動に参加している知人たちもいたのだ。

けれども、最近は、私の中のそうした罪悪感もまた、やはり、部外者の感傷や傲慢にすぎないのではないか、と感じるようになった。むしろ、観光と政治、娯楽と歴史などは、絡み合いながら高め合っていくものではないか。ならば、たんに消費するのではなく、その地を心から楽しむこと。見たいものばかりを見るのではなく、食事も歴史も文化も政治も信仰も娯楽もふくめて、その土地の存在を重層的に楽しむこと。そういうのがいい、と感じるようになった。なぜなら、その土地を楽しむとは、決して消費しつくせない現地の民草の暮らしの知恵を、その歴史的政治的な積み重ねやデータベースそのものを、存分に楽しむことなのだから。そうした意味での観光において、この私の思考や快楽の回路も更新され、外へ向けて開き直されていくのだから。

そんなことを思った。

繰り返すが、そういうことはきっと、感情や欲望を持つ者であれば、誰にでもできることだ。現代のように成熟したポストモダンな世界の中では、どんな真実や正しさも相対化されて、無意味なものに感じられていく。しかし、それでも私たちは、あまりにもまじめすぎる道徳主義ではなく、あるいはあまりにも無責任すぎる快楽主義でもなく、それらとは別のやり方によって、なお、他者たちを愛しうるはずなのである。

まじめなのかふまじめなのか、責任を感じているのか無責任なのか、倫理なのか遊びなのかすらわからないような、不思議な愛と憐れみによって。
観光についての東氏の哲学は、私たちを、そのような場所へと連れていってくれるように思えた。

――批評家

地図作成　ホリウチミホ
写真提供　新津保建秀（Ｐ76）、東浩紀（Ｐ116）
編集協力　浅野智哉、徳久倫康（ゲンロン）、中島洋一（ピースオブケイク）

この作品は二〇一四年七月小社より刊行されたものです。

弱《よわ》いつながり

検索《けんさく》ワードを探《さが》す旅《たび》

東浩紀《あずまひろき》

平成28年8月5日　初版発行
令和6年9月15日　4版発行

発行人――石原正康
編集人――高部真人
発行所――株式会社幻冬舎
〒151-0051東京都渋谷区千駄ケ谷4-9-7
電話　03(5411)6222(営業)
　　　03(5411)6211(編集)
公式HP　https://www.gentosha.co.jp/
印刷・製本―中央精版印刷株式会社
装丁者――高橋雅之

幻冬舎文庫

ISBN978-4-344-42501-9　C0195　　あ-59-1